엄마의 잠 걱정을
잠재우는
책

엄마의 **잠** 걱정을
잠 재우는
책

서수연 글
유희진 그림

아몬드

이 책을 최유석과 최유웅에게 바칩니다.

머리말

~~~~~~~~~~~~~~~~~~~~

화면 너머로 나와 화상 상담을 하는 A씨는 아이가 태어난 이후로 어깨 위에 장정이 올라가 있는 것 같다고 했다. 늦은 나이에 아이를 가져 아름답고 우아한 육아를 기대했지만 현실은 생각과 너무 달랐다. 아이는 예민해서 자주 깼고, A씨는 어렵게 가진 아이를 재우느라 심각한 수면 부족에 시달렸다. 시간이 좀 지나자 수면 부족은 불면증이 됐다. 주변에서 때가 되면 잠을 잘 것이라고 위로했지만, 세 돌이 다 되어가는 아이는 지금까지 통잠을 자본 적이 없다. 밤이 되면 아이와 매일 밤 실랑이하는 것이 두렵고, 말문이 트인 아이는 A씨가 폭발할 때까지 이런저런 요청을 했다. 엄마 여기 누워. 팔베개 해줘. 목말라. 인형 어디 있어. 책 한 번만 더 읽어줘. 참고 들어주다가 한계에 다다르면 아이에게 소리 지르고 화를 냈다. 그리고 후회를 반복했다. 피곤한 A씨는 낮에도 누워 있는 일이 잦았으며, 인생이 너무 우울했다. 가끔은 아이를 낳은 것이 좋은 결정이었는지 생각하며 눈물을 훔치기도 했다.

A씨만의 독특한 상황일까? 아이가 잠을 자지 못해 수면 문제가 생긴 엄마를 연구하기 위해 참여자를 모집한 적이 있다. 참여자 모집 공고를 게시한 지 하루도 채 지나지 않아 압도적인 양의 사연이 모였다. 위 사례는 수많은 사연 중 하나다. 정도의 차이는 있었지만, 잠 때문에 절망감과 괴로움을 호소하는 엄마는 내 예상을 훨씬 뛰어넘을 정도로 많았다. 그런데 그들이 하는 공통적인 하소연은 "잠을 잘 자는 방법에 관한 믿을 만한 정보를 얻을 곳이 없다"는 것이었다.

나는 수면을 연구하는 수면심리학자다. 심리학이라는 분야가 잠과 무슨 상관이 있느냐고 생각하겠지만, 마음을 과학적으로 연구하는 학문인 심리학은 '왜 어떤 아이는 젖을 물려야만 잠을 잘 수 있는지', '아이가 악몽을 꾸면 부모가 어떻게 해줘야 하는지', '마음이 편하지 않으면 왜 잠이 오지 않는지' 같은 질문에 해답을 제공해준다.

나는 주로 성인의 수면 문제를 연구하며 커리어에 몰두하다가 뒤늦게 두 아이를 낳았다. 남들이 알아주는 대학교에서 배울 만큼 배웠다고 생각했고 세상을 어느 정도 안다고 자부했으나, 부모가 되고 나서야 그것이 얼마나 어처구니없는 자만이었는지 깨달았다. 젊은 패기와 체력이 고갈되어가는 끝물에 출산해 좌충우돌하면서도 그나마 수면을 공부하길 잘했다 싶었던 이유는 내가 아는 수면 지식을 적용해 (비교적) 편한 육아를 할 수 있었기 때문이다.

아이를 잘 재우는 것, 그리고 아이가 잘 자는 것은 아이의 성장뿐 아니라 나를 위해서도 필요했다. 아이가 잘 자야 나도 잘 잤고, 내가 잘 자야 온전한 정신을 유지하며 하루를 버틸 수 있었다. 아마 많은 엄마들도 비슷한 처지가 아닐까 싶다.

내가 면담한 엄마들만 해도 표면적으로는 잠을 자지 못하는 아이의 안녕감을 걱정했지만, 더 깊이는 이렇게 지내다가는 좋은 엄마가 되지 못할 수도 있다는 두려움을 품고 있었다.

40에 80. 우리 둘째 아이가 지금 내 나이가 될 쯤에 나는 80세가 되어 있을 것이다. 지금은 아무것도 모르는 해맑은 두 아들이 먼 훗날, 자기 가족을 꾸리기로 결심한다면 그들 역시 아이를 잘 재우는 부모가 됐으면 좋겠다. 그러나 그들이 부모가 될 때쯤이면 이 유용한 정보를 전수하기에는 내 열정이나 지식이 많이 희미해지지 않을까 하는 걱정이 앞서 글을 쓰기 시작했다. 그리고 성신여대를 거쳐 간 귀하디귀한 학생들을 포함해 현재와 미래의 엄마들의 정신 건강에 도움이 되길 바라며 이 책을 썼다. 어디서, 어떤 모습이건 당신들의 희생은 밝게 빛나고 있음을 잊지 않기 바란다.

차례

1부   엄마의 잠

2부 아이의 잠

엄마의 잠

1

♦

잠 못 자는 엄마들에 관하여

⌇⌇⌇⌇⌇⌇⌇⌇⌇⌇⌇⌇⌇⌇⌇⌇

첫 아이를 임신했을 때, 친구에게 이런 이야기를 들었다.

"처음부터 아기랑 사랑에 푹 빠지지 않는다고 너무 자책하지 마, 자연스러운 거니까."

아이를 낳기 전에는 친구의 말이 실감나지 않았다. 그런데 정말로 아이가 태어난 뒤, 하루하루 새로운 미션을 수행하느라 이 생명체가 내 몸에서 나왔다는 신기함과 정신없음 이외에는 다른 감정을 느낄 틈이 없었다. 시간이 어느 정도 흐른 다음에야 아이를 향한 진정한 사랑을 느낄 수 있게 됐다.

사람들은 흔히 엄마가 됨과 동시에 사랑이 뿜어져 나오고 좋은 엄마가 되는 자질도 마법처럼 갑자기 생겨난다고 오해한다. 그렇지만 누구도 엄마로 태어나지 않으며, 처음부터 엄마였던 것도 아니다. 세상의 모든 엄마는 짧은 기간 내에 빠르게 새로운 기술을 배워야 하고, 아이와 애착 관계를 형성해야 하며, 엄마라는 새로운 정체성을 확립해야 한다. 가장 괴로운 것은 이 모든 것을 잠을 제대로 자지 못하는 상태에서 해야 한다는 것이다.

엄마 노릇의 가장 힘든 부분을 몇 가지 단어로 꼽는다면, '불확실성, 예측 불가능함, 조급함'일 것이다. 그중 가장 불확실하고, 예측 불가능하고, 엄마를 조급하게 만드는 것이 아이의 잠 문제다.

신생아 때부터 아이를 재우기 위해 온갖 방법을 동원한다. 어제 아이를 숙면으로 인도한 좋은 방법은 오늘 실패하고 (그렇지만 왜 실패했는지는 알 수 없고), 조급한 부모는 결정적인 한 방을 찾아 헤맨다. 그래서 돈을 아끼지 않고 아이를 재워준다는 온갖 육아템을 검색하며 '이번은 다르겠지', '이것은 분명히 먹힐 거야' 같은 헛된 희망을 품는다.

아이를 잘 재우고 싶은 욕구에는 부모가 잘 자고 싶은 마음이 숨어 있다. 잠을 잘 자고 싶은 마음은 잘못된 게 아니다. 너무도 당연하게 부모가 잘 자야 온전한 육아를 할 수 있다. 잠이 부족하면 뻑뻑한 눈을 비비며 영혼 없이 아이와 놀아줄 수밖에 없다.

육아에 전념하기 위해서는 엄마가 잘 자야 하고, 엄마의 정신 건강이 온전해야 한다. 그렇지만 엄마가 지쳐도 사람들은 잘 눈치 채지 못하고 엄마 마음은 어떤지, 잠을 잘 자는지 물어보지도 않는다. 그저 아이는 잘 크는지, 잘 자는지 등과 같은 안부를 주로 건넨다. 그래서 엄마는 육아와 수면 부족으로 힘들어 하면서도 쉽게 하소연하지 못한다.

이 책은 아이가 잠을 잘 자도록 도와주는 책이기에 앞서, 잠을 못 자는 엄마들을 조명하는 책이다. 또한 매일 반복되는 일상을 감내하며 묵묵히 아이를 키우는 엄마들의 수면을 지켜주기 위한 책이다.

한때는 무한한 가능성을 안고, 찬란한 인생을 꿈꾸던 한

여성은 엄마라는 이름에 갇혀 아이를 키우며 힘들다는 말도 하지 못한 채, 투명 인간이 되어 버린다.

연구에 의하면 어렸을 때는 여아가 남아보다 더 오래 잘 자며, 소아 불면증 유병률은 남아가 더 높다. 그렇지만 11살 무렵부터 모든 것이 전복된다. 11살쯤 시작되는 초경과 함께 여성의 불면증 유병률은 남성을 역전한다. 여성은 남성에 비해 불면증 유병률이 1.5배 더 높으며, 잠 때문에 스트레스를 더 많이 받는다. 그리고 죽을 때까지 이 차이는 좁혀지지 않는다. 수면의 성별 차이는 생물학적인 이유만으로는 설명되지 않는다. 우리 주변만 봐도 그 이유를 충분히 짐작해볼 수 있다.

하루 종일 반복되는 일상에 툭하면 울 것 같은데도 꾹 참고 아이 앞에서 애써 웃음 지어 보이는 엄마.

아픈 아이를 남의 손에 맡기고 무거운 마음으로 출근해서 CCTV로 아이가 잘 지내는지 확인해야 하는 워킹맘.

원가족에게 받은 상처가 깊어 내 아이에게 그 상처가 대물림될까 봐 두려운 엄마.

육퇴 후 침대에 누워 '엄마답지 못했던' 하루를 반성하고 자책하며 잠 못 이루는 엄마.

그 영웅 같은 모든 엄마를 위해 이 책을 썼다.

소중한 밤

하루가

다녀올게.

응. 냉장고에 국 있는데 먹고 가지…

시작되었다.

음마!!

마마마!!

자자… 더 자…

아이와 단 둘이 보내는

조금만 기다려 주세요~

금방 맘마 줄게요~

매일 똑같은 날들.

우리 애기 오래 기다려쩌요?

와 맛있겠다!! 얌냠할까?

2

◆

힘들지만 힘들지 않은 엄마의 마음챙김

영화 〈82년생 김지영〉 말미에 김지영 역을 맡은 배우 정유미가 아이와 함께 카페에 갔다가 커피를 쏟는 장면이 나온다. 그러자 뒤에 서 있는 사람들은 수군대며 '맘충'이라고 비난한다. 김지영은 용기를 내 그 사람들에게 "저를 아세요? 제가 왜 맘충이에요? 제가 왜 벌레예요? 저에 대해 뭘 안다고 함부로 말씀하세요?"라며 받아친다.

엄마로 살아온 6년 동안, 생각해보면 누군가에게 판단당하고 이해받지 못해도 당당하게 내 사정을 이야기하기란 보통 어려운 일이 아니었다. 대부분의 사람들은 고대했던 새로운 생명의 탄생과 함께 엄마라는 타이틀을 얻는 것의 좋은 점만 부각할 뿐, 엄마가 되는 일이 한 사람의 정신 건강을 얼마나 위협하는지 이야기하는 것을 불편해한다. 내가 아이를 낳고 가장 많이 들었던 질문은 "힘들지?"였으나 그건 대개 인사치레였고, 어떻게 힘든지 구체화해서 입 밖으로 내뱉자 듣고 싶어 하지 않는 눈치였다. 나 스스로도 시시콜콜 그런 얘기를 하는 것이 징징거리는 것처럼 느껴졌다.

나는 새로운 것을 배우고 적응하는 능력이 다른 사람에 비해 뒤쳐지지 않는다고 자부했지만, 아이를 키우는 것에 관해 알아야 할 지식과 습득해야 하는 기술은 압도적이었다. 기저귀라고 다 똑같은 기저귀가 아니며 시기마다 여러 단계가 있었다. 분유도 종류가 정말 많았고 아이가 자라면서 타야 하는 용량이 달라졌다. 장난감이나 육아 아이템에도 '국민' 자를 붙인 필수 아이템이 있다는 것도 처음 알았다. 그 '국민' 장난감이 꼭 필요가 없는데도 혹시 없으면 우리 아이만 발달에 지장이 있지는 않을까 비교하면서 불안함을 떨쳐버리지 못했던 날들이 아직도 생생하다.

　　물건뿐 아니라 아이의 성향과 선호도 익혀야 했고, 꼭 해야 할 것(예를 들어 우유를 먹고 나면 꼭 트림을 시키는 것)과 꼭하지 말아야 할 것(예를 들어 젖병에 한번 입을 대고 안 먹어도 한시간 내에는 다 버려야 하는 것)이 있었다. 정보가 너무 많아 어떤 정보를 취하는 것이 옳은 결정일지 생각하다가 하루를 피곤하게 마무리했다. 작고 연약한 아이가 단 한 번의 내 실수로 아프거나 잘못될 수도 있다는 불안에 떠느라 아이가 날리는 미소를 여럿 놓쳤을 것이다. 지금 돌아보면 눈 맞춤을 한번이라도 더 해야 하는 그 아까운 시간에 인터넷 검색을 하느라 바빴다.

남 탓이 엄마의 정신 건강을 지켜준다

심리학에서는 어떤 상황에 대한 원인을 추론하는 과정을 '귀인'이라고 한다. 귀인은 크게 '내적 귀인'과 '외적 귀인'으로 구분하는데, 내적 귀인은 아이 문제에 대해 내 탓을 하는 것이고(예를 들어 "아이가 안 자는 이유는 나를 닮아서 예민해서 그래") 외적 귀인은 내가 아닌 다른 상황이나 외부 요소에서 원인을 찾는 것(예를 들어 "아이가 잠을 안 자는 것은 이앓이 때문이야")을 의미한다. 내 주변에 있는 엄마들은 대체로 아이 문제에 대해 외적 귀인보다는 내적 귀인을 했다. 아이가 잘 먹지 않거나 잘 자지 않을 때 자책했으며, 오늘은 무엇이 부족했기에 애가 잘 먹지 않고, 잘 자지 않고, 잘 싸지 않았는지 늘 반성했다.

엄마가 아이 문제를 지나치게 자기 탓으로 돌리는 이유는 엄마에게 책임을 과도하게 강요하는 사회적 분위기 탓일 수 있다. 엄마 스스로 사회가 요구하는 '엄마다움'을 내재화한 결과인 것이다.

정신과학과 심리학의 역사만 거슬러 올라가도 아이 문제에 대해 엄마 탓을 하는 유래가 있다. 1948년 정신과 의사 프리다 프롬라이히만Frieda Fromm-Reichmann은 아이에게 정서적으로 따뜻하지 않으면서 모든 것을 통제하려고 하는 엄마를 '조현병을 유발하는 어머니schizophrenogenic mother'라고 개념화했다. 프롬라이히만은 엄마의 망상적인 생각들로 인해 아이

의 욕구를 충분히 알아차리지 못하면 아무리 멀쩡하게 태어
난 아이도 조현병에 걸릴 수 있다고 주장했다(물론 1980년대
에 여러 연구를 통해 사실이 아님이 입증되었다). 또 다른 연구에
서는 거식증으로 알려져 있는 신경성 식욕부진장애도 엄마
가 딸의 외모를 지나치게 지적하며 과하게 통제하려는 행동
으로 인해 발병한다는 주장을 펼쳤다.

　이처럼 아이 문제에 관해 과거에는 엄마에게 책임을 묻
는 것이 예사였다. 그렇다면 지금은 상황이 나아졌을까? 꼭
그렇지만은 않다. 인터넷과 SNS가 보편화되면서 이제는 다
른 엄마의 가장 좋은 모습과 나의 가장 후진 모습을 비교한
다. 동시에 엄마라면 아이에게 온전히 시간을 쏟고, 아이 중
심으로 양육을 해야 한다는 등의 '지나치게 높은 기준'을 마
음속에 세운다. 대부분의 엄마들은 이런 완벽한 기준을 달성
하기 어려울 뿐만 아니라, 이런 기준은 스스로 아이를 제대로
키우지 못하고 있으며 부족하다는 생각만 부추긴다.

　아이를 키우고 힘겨운 시간을 보내다 보면 하루하루 급
한 불을 끄는 것에 급급한 나머지 큰 그림을 놓치기 쉽다. 스

스로에게 부여하는 막중한 책임감과 높은 기준, 마음을 할퀴는 타인의 시선은 엄마의 정신 건강을 해친다. 이럴 때 쓸 수 있는 방법은 '남 탓하기'다. 아이에게 생기는 문제의 원인을 내 탓으로 몰아주기 해왔다면, 이제 N분의 1을 해보자. 무조건 내가 잘못해서, 내가 부족해서 생긴 문제가 아니라 외부에도, 상황에도 문제의 원인이 있었음을 생각해보자.

내가 아는 어떤 엄마는 아이 때문에 너무 속이 썩어서 힘든 나머지 스님에게 하소연을 하러 갔는데 그 엄마의 이야기를 한참 듣고는 스님이 "전생에 억울한 일을 당하고 귀양을 간 업보로 인해 이번 생에도 괴로운 것"이라고 이야기해주었다고 한다. 어처구니없는 이야기라고 생각할 법한데도 그 엄마는 스님 말씀을 듣고 흐르는 눈물을 멈출 수 없었다. 그만큼 본인이 잘못해서 아이에게 문제가 있는 것이라는 마음이 짐이 무거웠던 탓이리라. 외적 귀인을 할 수 있다면 그 대상이 '전생'이라도 상관없다.

오늘부터 엄마의 정신 건강을 위해 아이를 기르는 것에 있어 서툴고 부족한 부분을 무조건 남 탓으로 돌려보길 권한다(애써 노력하지 않으면 또다시 습관적으로 자기 탓을 하고 있을 것이기에). 남편 탓, 이않이 탓, 환경 탓, 전생 탓, 다 좋다. 나도 아이를 키워보았기 때문에 어렴풋이 안다. 당신이 어떤 삶을 살아왔든, 지금 현재 아이를 키우는 당신은 모든 인생을 통틀어 최선을 다하고 있음을. 그렇기 때문에 그 누구도 감히 당신이 어떤 엄마인지 판단할 수 없다. 그러니 내 탓은 이제 그만 멈추자.

엄마의 정신 건강 챙기기

~~~~~~~~~~

1. 감정에 이름을 붙여보세요. 힘든 마음을 내려놓는 첫 단계는 내가 느끼는 감정을 정확하게 인식하고 그 감정에 이름을 붙여주는 거예요. 한국어로 감정을 표현하는 말이 400개가 넘는다는 것, 알고 있었나요? 우리가 평소에 기분이 나쁘면, 그냥 '기분이 나쁘다'에 그치는데 그보다 내 감정을 정확하게 인식하는 것이 기분을 해소하는 데 도움이 돼요. 그리고 평소에 힘들다는 말을 잘 안 하면, 내가 현재 느끼는 감정이 무엇인지 인식하기 더 어려워요(솔직히 엄마이기 때문에 힘들다는 말, 하기 쉽지 않잖아요). 우리가 감정에 이름을 붙여줄 때(예를 들어 귀찮다, 근심스럽다, 두근거린다, 분통터진다, 암울하다, 감격스럽다 등) 우리 뇌는 우리가 더 안정감을 느끼도록 도와

쥐요. 내가 느끼는 감정에 정확하게 이름을 붙여줄수록 지금 무엇을 느끼는지 더 잘 인식하게 되고, 문제와 거리를 두고 생각해볼 수 있으며, 감정을 조절하는 데에도 도움이 된다고 해요.

2. 누구나 살면서 마음고생을 한다는 것을 생각해보세요. 고민이 없는 사람은 없고, 각각 마음속에서 다른 전쟁을 벌이고 있다는 것을 떠올리세요. 내 고통이 타인의 고통보다 더 크다고 느껴진다면, 다른 사람도 당신을 보며 비슷한 생각을 할 거라는 사실을 기억하세요. 살면서 느끼는 고통이 인생의 일부분이라는 것을 수용할 때, 덜 외롭다고 느낄 수 있을 거예요.

3. 호흡을 한번 크게 하고, 다음 문구를 큰 소리로 읽어보세요.

"어제보다 더 나아지고 있는 엄마가 된 오늘, 있는 그대로 나를 받아들인다.

하루치의 경험이 쌓인 만큼, 나는 더 현명한 엄마가 되고 있다.

있는 그대로 나를 받아들일 수 있게 노력하겠다.

나를 용서하겠다.

더 강해지겠다.

최선을 다해 스스로를 친절하게 대하겠다."

감정에 이름표 붙이기

행복	화	우울	슬픔	두려움
고맙다	거부감이 들다	걱정스럽다	가슴이 미어지다	가라앉다
기쁘다	경멸스럽다	겁나다	가슴이 저리다	권태롭다
당당하다	때려주고 싶다	기겁하다	고달프다	김빠지다
들뜨다	반감이 들다	긴장되다	눈물이 날 것 같다	멍하다
벅차다	배신감을 느끼다	끔찍하다	먹먹하다	무가치하게 느끼다
부럽다	복수하고 싶다	난처하다	목이 메다	무감각하다
뿌듯하다	분노하다	당황스럽다	서럽다	무기력하다
신기하다	분통터지다	떨리다	씁쓸하다	버겁다
여유롭다	불쾌하다	무섭다	애석하다	사라지고 싶다
유쾌하다	성가시다	불안하다	애타다	암울하다
자유롭다	얄밉다	안절부절하다	울적하다	외롭다
즐겁다	억울하다	위축되다	절망스럽다	자괴감이 들다
편안하다	역겹다	조마조마하다	침통하다	좌절스럽다
황홀하다	짜증나다	조심스럽다	하늘이 무너지는 것 같다	침울하다
흥미롭다	치가 떨리다	주저하다	한탄스럽다	피곤하다
희망차다	환멸을 느끼다	징그럽다	허전하다	허망하다

이번 생이 처음이라

엄마가 된 후로
종종 나를 원망한다.

이것도 내 탓.

미끄럼틀 타러
갈까?

도리 도리

나를 닮아
내성적인가?

저것도 내 탓.

아~
딱 한 입만
먹어보자.

도리
도리

내가 요리를
못 해서
밥을 안 먹나?

아이의 문제는 다
내가 부족해서
생기는 것 같다.

엄마

잘 못 놀고
못 먹으니까
잠을 못 자나?

다른 엄마들은
척척 잘하던데…
우리 아기는
나 같은 엄마 만난 게
미안하고 속상해.

긁적

내가 어렸을 때
되게 소심했어.

밥도 잘 안 먹어서
계란이랑 김만 먹었대.

결혼 전까지
말랐었잖아.

자기 잘못이 아니야.
날 닮아서 그런 거지.

결혼을 다시
해야 하나!!?

근데 자기는
아무렇지도 않아?
애한테
안 미안해?

인정하기 싫지만 맞는 말이다.
애들이 다 그렇지…
난 아기를 낳아 돌보면서
마음으로는 완성된 인간을
기대한 게 아닐까?

남편과 얘기를 나눈 뒤로
아이에게도 나에게도 좀 더 너그러워졌다.

이 아이는
왜 안자는
걸까?

내가 잘못
먹여서?

내가
낮잠을 제대로
안 재워서?

날 닮아 예민해서?

누구의 잘못도 아닌
우리 둘 다 이번 생이 처음이라
어려운 것 뿐이라고.

우리를
닮아서

그냥
애기이기 때문에!

3

◆

엄마가 잘 자야 아이도 잘 잔다

~~~~~~~~~~~~~~~~~~~~~~~~~~~~~~~

아이가 한 살이 될 때까지 부모는 730시간의 수면을 희생한다. 날짜로 따지면 거의 30일어치의 수면이 사라지는 것이다. 출산 후 우리 몸에서 아이와의 애착 관계를 생물학적으로 끈끈하고 단단하게 유지시켜주는 호르몬(옥시토신)이 충만하게 나오기 때문에 아이에게 모든 주의를 기울이게 되는 것은 너무도 당연하다. 그렇지만 이로 인해 엄마들은 본인이 잘 자야 육아도 잘할 수 있다는 사실을 쉽게 간과한다. 출산 후 첫해에는 모든 부모가 수면 부족에 시달리며 힘겨운 시간을 보내기 마련이다. 최근에는 출산한 지 1년 후에 하루 7시간 이하로 자면 7시간 이상 잘 때보다 생물학적으로 노화가 가속화된다는 연구가 발표됐다. 물론 아이가 있으면 7시간 자는 것이 쉬운 일은 아니지만, 잘 기회가 있는데도 잠을 희생하는 것은 좋은 선택이 아니다.

심각한 수면 부족 상태가 되면 몸은 어떻게든 잠을 자려고 안간힘을 쓴다. 1963년 17세 청년 랜디 가드너^{Randy Gardner}는 11일(총 264.4시간)동안 잠을 한숨도 안 자고 버텨 '가장 오랜 시간 잠을 자지 않은 사람'으로 기네스북에 이름을 올렸다. 수면의학의 아버지라 불리는 스탠퍼드 대학교 윌리엄 디멘트^{William Dement} 교수는 그가 잠을 자지 않은 시간을 빠짐없이 기록했다. 잠을 안 잔 11일 동안 랜디는 집중력이 현저히 나빠졌고, 환각 증상을 경험했으며, 하던 일을 멈추었을 때 무슨 일을 하고 있었는지 기억하지 못했다. 요즘은 기네스 세계기록에서 가장 오랜 시간 깨어 있는 부문은 없어졌다고 한다. 랜디 가드너 이후, 기록을 갱신하기 위해 도전한 사람들이 자칫 건강을 해칠까 우려해 없애기로 한 것이다.

잠을 자지 않는 수면 부족 상태에서 우리는 마이크로 수면micro sleep을 경험한다. 마이크로 수면은 짧은 순간에 잠깐씩 조는 것이며, 눈을 뜨고도 가능하다. 너무 졸리면 눈을 뜨고 졸 수 있는 것이다. 가끔 잠이 부족한 운전자가 잠깐 졸다가 대형 교통사고를 내는 경우가 있는데, 이것도 마이크로 수면을 취하는 중에 나는 사고다.

잠을 잘 자야 하는 이유, 즉 '잠의 기능'은 아직 완벽하게 밝혀지지는 않았다. 가장 잘 알려진 기능은 회복 기능이다. 잠은 새로운 신체 조직의 성장과 치료를 도와준다. 출산 후, 모든 뼈가 어긋나고 늘어져 있는 엄마가 잠을 잘 자야 하는 이유가 여기에 있다.

잠을 못 자면 면역 기능이 떨어진다. 또한 잠을 잘 안 자면 우울해지고 불안해지며 감정 조절이 어려워진다. 아이를 키울 때 아이에게 좋은 분유를 사 먹이고 따뜻한 우주복을 입히는 것 못지않게, 엄마의 정서를 조절하는 것이 중요하다. 오은영 박사님의 책《못 참는 아이 욱하는 부모》의 제목에서도 드러나듯이 많은 엄마들이 "분노 조절이 어렵다", "아이에게 화를 내고 나서 뒤돌아서서 후회한다"고 고백한다. 잠이 부족한 상태에서 욱하는 감정을 누르며 '그래, 얘는 말 못하는 아이지. 내가 뭘 바래'라는 마음으로 목소리의 볼륨을 조절하기란 어렵다. 산후 우울증을 이겨내고 싶다면, 내 정신 건강을 챙기고 싶다면 잘 수 있을 때 잠을 자야 한다.

아뚱멍단이 알려주는 수면의 기능

〈정신의학신문〉에 기고된 어떤 글에서 수면 부족의 결과가 '아뚱멍단'으로 이어진다는 표현을 본 적이 있다. '아뚱멍단'은 '아프고, 뚱뚱해지고, 멍청해지고, 단명한다'의 줄임말이다.

'아프고'는 통증이 있는 사람은 잠을 잘 못 자고, 잠을 못 자면 통증이 심해진다는 뜻이다. 특히 출산 후 잠을 제대로 자지 못하면 아이를 낳고 여기저기 쑤시고 아픈 것이 더 힘들게 느껴질 수 있다.

'뚱뚱해지고'는 자는 시간이 줄어들면 아무래도 스트레스 때문에 더 많이 먹게 되고, 여러 대사 기능이 방해를 받는다는 의미다. 아이를 키우며 스트레스를 받고 잠을 못 자면 코르티솔이라는 스트레스 호르몬이 분비되는데, 같은 음식을 먹더라도 우리 몸이 응급 상황이라고 인지해 복부에 집중적으로 살이 붙는 결과를 낳는다.

'멍청해지고'는 기억력이나 집중력이 많이 떨어진다는 뜻이다. 이로 인해 아이를 키우며 실수를 더 많이 하거나 심하면 아이의 안전과 관련된 위험한 사고로 이어질 수 있다. 며칠 동안 잠을 못 자 피곤에 절어 있던 어떤 엄마는 외출 준비를 하고 나와 엘리베이터를 기다리는데 뭔가 허전해서 생각해보니 아이를 겉싸개에 곱게 싼 다음 현관에 그대로 두고 나왔다고 했다. 다행히 별일은 없었지만, '아차' 싶은 순간이 생길 수 있기 때문에 잠을 잘 자야 한다.

마지막으로 '단명한다'는 수면이 수명과 직결된다는 의미다. 실제로 수면의 양과 수명이 깊이 연관되어 있다는 연구는 수없이 많다. 아이가 학교를 졸업하고, 취업하고, 결혼해 손자를 보는 날까지 오래오래 지켜보고 싶으면 잠을 잘 자야 한다.

엄마들이 잘 자야 하는 특별한 이유

엄마들이 잠을 잘 자야 하는 특별한 이유가 또 있다. 매일 같은 시간에 잠을 자면 잠을 유도하는 호르몬인 멜라토닌이 일정한 시간에 분비된다. 멜라토닌은 주로 예정된 취침 시간의 3시간 전쯤 분비되어 잠에 들도록 돕는다. 신생아가 태어나자마자 첫 몇 달 동안 밤중에 깨서 우는 이유는 아직 뇌가 발달 중이라 멜라토닌이 분비되지 않거나 소량만 분비되기 때문이다. 멜라토닌은 우리 뇌의 솔방울샘pineal gland에서 분비되는데, 엄마의 모유를 통해 아이에게 전달되어서 잠을 자야 하는 단서를 제공해준다. 엄마가 잠을 충분히 자서 아이에게 멜라토닌이 전달되어야 아이도 잠을 잘 자는 것이다.

마지막으로 수면의 중요한 기능은 기억하는 것이다. 인생에서 아이와 보내는 시간들은 힘들기도 하지만, 아마 가장 행복한 시간일 것이다. 아이와 보내는 단 한 번뿐인 시간들을 더 선명하게 기억하고 간직하기 위해서, 육아템 검색은 이제 그만 멈추고 아이가 잘 때 같이 잠을 자자.

비몽사몽

오랜만에 나들이.
차에서는 기절해서 자고

와, 이 길 예쁘다.

......

밥은 입 안에 욱여넣고,

미안!!! 얼른 먹고 교대해줄께!!!

괜찮아 천천히 먹어~

우어어

걸으면서도 비몽사몽. 이래서야…

하암…

저기 봐. 오리다!!

아이와 함께했던 소중한 시간들, 다
기억할 수 있을까?

나 오늘 뭐했지…

4

♦

아이를 낳고 잠을 푹 잔 적이 없어요

~~~~~~~~~~~~~~~~~~~~~~~~~~~~~~

둘째 아이가 신생아였을 때, 남편은 낮에 출근을 해야 했고 첫째는 유치원에 가야 했기 때문에 나랑 둘째만 다른 방에서 잤다. 아이는 밤 수유 때문에 두세 시간마다 깼다. 문제는 내가 한번 깨면, 다시 잠드는 것이 너무 어려웠다. 아이가 울지 않아도 귓가에 아이 우는 소리가 환청으로 들렸고 괜히 일어나 곤히 자는 아이 코 밑에 손을 갖다 대고 숨을 쉬는지 확인했다. 그렇게 뜬 눈으로 다음 수유 타임을 맞이하기도 했다.

여성의 수면 문제는 주로 출산과 함께 시작된다. 특히 첫 아이 출산 후, 푹 자본 기억이 없다고들 이야기한다. 아이가 어릴 때 잠을 못 자는 것은 자연스러운 현상이다. 새로운 생명체가 내 인생에 들어오면서 적응을 해야 하고, 그 생명체가 잘 컸으면 좋겠다는 마음에 긴장을 하면서 잠을 설치게 되기 때문이다.

그렇다면 긴장하면 왜 잠을 설치는 걸까? 그 이유는 잠잘 때 생기는 뇌의 변화에서 살펴볼 수 있다. 조류나 돌고래 같은 해양 포유동물은 잠잘 때 '한쪽 반구 수면'을 취한다. 뇌는 오른쪽 뇌와 왼쪽 뇌로 나뉘어져 있는데, 한쪽 반구 수면이란 한쪽 뇌는 자고 있지만 다른 한쪽은 깨어서 활발하게 활동하고 있다는 이야기다. 조류나 돌고래 같은 해양포유동물의 뇌는 위험에 대처하고 스스로를 보호하기 위해서 자는 동안에도 한쪽이 깨어 있다. 그래서 이들은 날거나 헤엄치면서 자는 것이 가능하다.

인간은 한쪽 반구 수면을 취하는 동물과는 달리 잘 때 양쪽 뇌가 동시에 잠을 자지만, 예외가 있다. 한 연구에 의하면 잠자리가 바뀌어 새로운 환경에서 잘 때 왼쪽 뇌와 오른쪽 뇌의 수면 깊이가 부분적으로 비대칭이 된다고 한다. 특히 얕은 수면 상태에서 뇌는 외부의 소리나 사건에 더 민감하게 반응한다. 사람도 익숙하지 않은 환경에 놓이면 자면서 한쪽 뇌를 경계 상태로 유지해 낯설고 잠재적인 위험으로부터 보호하려는 본능이 있는 것이다. 아이를 낳은 엄마도 새로운 변화에 적응해야 하고 아이의 안전과 안정을 걱정해야 하는 상황이니 긴장될 수밖에 없다. 그러다 보면 꼭 아이 때문에 깨는 것이 아니라도 잠을 푹 자지 못하고 한쪽 뇌가 깨어 있는 상태로 잠을 자느라 수면의 질이 떨어질 수 있다.

아마도 여행을 가서 아이와 한 침대에서 잠을 자는데 아이가 떨어질까 봐 걱정돼서 중간중간 계속 일어나 아이 상태를 확인해본 경험이 있다면, 한쪽 반구 수면이 얼마나 피곤한지 짐작할 수 있을 것이다.

잠을 잘 자는 데 필요한 세 가지 조건

잠을 잘 자려면, 세 가지 조건이 맞아 떨어져야 한다. 첫 번째 조건은 충분히 오래 깨어 있어야 한다는 것이다. 이것을 수면

전문용어로 **수면 압력**, 혹은 수면 욕구sleep need라고 한다. 깨어 있는 시간이 길수록, 자고 싶은 수면 압력이 높아진다. 식욕에 비교하면 간단한데, 음식을 안 먹고 굶은 시간이 길수록 배가 고프듯이, 잠을 자고 싶은 욕구도 깨어 있는 시간이 길수록 올라간다. 우리가 오래 깨어 있을수록 졸음을 유발하는 호르몬, 아데노신이 몸에 축적되어 잠에 빠지도록 돕는다. 커피를 마시면 졸리지 않은 이유도, 카페인이 아데노신의 작용을 방해하기 때문이다.

　잠을 잘 자기 위한 두 번째 조건은 **수면 타이밍**이다. 우리 몸은 24시간 동안 돌아가는 생체리듬, 즉 일주기 리듬circadian rhythm에 의해 움직인다. 생체리듬은 하루 중 우리가 깨어 있는 정도(각성 신호)를 결정한다. 아이 때문에 밤에 여러 번 잠을 깨서 몸은 만신창이처럼 피곤하지만 낮에 아이가 잘 때 같이 자려고 누우면 잠이 안 오는 경우가 있는데, 그 이유는 생체리듬 상 수면 타이밍, 즉 잠을 자야 하는 이상적인 시간이 아니기 때문이다. 보통 각성 신호는 아침에 일어나자마자 낮았다가 시간이 지나면서 점점 증가한다. 그리고 기상 이후 7~9시간 사이에 잠시 주춤하며(주로 점심 직후 밥을 많이 먹어서 식곤증 때문에 졸린 것이라고 생각하지만, 그보다는 각성 신호가 잠시 낮아져서 그렇다), 저녁 시간까지 쭉 증가하다가 잘 때쯤 되면 감소한다. 인간이 수면을 개시하기 이상적인 시간은 10시에서 12시 사이인데, 그 이유는 이때 수면 압력이 충분히 높아지고 생체리듬의 각성 신호가 낮아지면서 잠을 자기 위한 이상적인 조건이 충족되기 때문이다.

세 번째 조건은 **마음이 편하고 스트레스를 받지 않아야 한다**는 것이다. 우리 몸의 수면 원리는 어디까지나 우리가 스트레스를 크게 받지 않고 위협적인 상태가 아닐 때 정상적으로 작동한다. 우리 몸은 위협을 느끼고 불안하면 생명을 보존하기 위해 위험한 상황에 대처하게끔 프로그래밍 되어 있다. 위협을 느끼거나 불안하거나 스트레스를 받으면 수면도 오작동한다. 전쟁이 났다고 생각해보자. 지금 폭탄이 터지고 피난을 가야 하는데, 한가하게 잠이나 자고 있어서야 되겠는가? 살기 위해 도망가야겠다는 생각 밖에 안 들 것이다. 아이를 낳는 것은 전쟁만큼 위협적인 일은 아니지만, 그래도 대부분의 부모에게 스트레스를 유발하는 일이다. 아이를 낳은 뒤 수면 부족에 시달리고 좀처럼 잠을 이루지 못하는 이유가 바로 이런 원리 때문이다.

내가 둘째를 낳고 잠을 못 잔 이유

내가 둘째 아이를 낳고 나서 잠을 못 잔 데는 특별한 이유가 있다. 34주에 2킬로그램 초반 대의 미숙아로 태어난 아이는 태어나자마자 인큐베이터에 들어가 신생아 중환자실에서 시간을 보냈다. 며칠 지나서야 겨우 안아본 둘째 아이의 첫 모습은 통통하게 살이 오른 첫째 아이와는 다르게 뼈만 있는 앙상한 체구였다. 게다가 불쌍하게도 온갖 전선을 몸에 두른 상태에서 눈가리개를 한 채 울고 있었다. 아이를 잠깐 면회하고 집에 돌아왔을 때, 한동안 아이가 걱정돼서 잠을 잘 수 없었다. 꼭 미숙아로 태어나지 않았어도, 아마 처음 아이를 낳은 엄마라면 나와 비슷한 걱정에 잠을 이루지 못한 경험이 있을 것이다. 혹시 자다가 아이에게 무슨 일이 생기진 않을까 하는 걱정에 자주 확인을 하거나, 아이가 밤중에 깨면 큰 일이 난다고 생각하거나, 밤에 아이가 우는 것에 대해 과장된 해석을 할 수 있다(어디가 아프다, 무엇이 잘못됐다 등). 이렇게 스트레스를 받고 마음이 편하지 않은 상태를 수면 전문용어로 '과다각성hyperarousal'이라고 한다. 우리 뇌는 전쟁이 났든 아이가 밤중에 울든 모두 위협으로 받아들이는데, 위험의 경중과 상관없이 뇌에서 반응하는 일련의 생물학적인 기제는 똑같다. 우리의 자율신경계 중 흥분과 각성을 관장하는 교감신경계가 활성화가 되어, 위협에 대처할 수 있는 에피네프린과 노르에피네프린과 같은 화학물질이 분비된다. 이들은 호흡을 가쁘게 만들며, 심장을 빨리 뛰게 하는 등 몸의 변화를 유발한다. 자동차에 비유하자면, 연료를 최대한 사용해 자동차의 가속페달을 밟는 것과 마찬가지다.

요약하면, 잠을 잘 자려면 크게 세 가지 조건을 모두 충족해야 한다. 첫째 깨어 있는 시간이 충분히 길어야 하고, 둘째 아무 때나 눕지 않고 생체리듬을 고려해 적절한 시간에 잠을 청해야 하며, 마지막으로 아이로 인해 생긴 여러 걱정들을 내려놓고 마음을 편하게 가져야 한다. 물론 이 세 가지 조건은 말은 쉽고, 의지대로 잘 되지 않는다. 이때 수면에 관해 두려움을 느끼고 있거나 잘못된 생각을 가지고 있으면 잠자는 일이 더 어렵게 여겨질 수 있다. 이어지는 장에서 잠에 관한 여러 가지 잘못된 정보와 생각을 살펴보고 근거 있는 대책을 제시할 예정이다.

온 마음이 너에게

그런데 이 남자.

아기가 우는 소리는

안 들리는 모양이다.

아이가 팔만 버둥거려도

잠에서 깨버리는 나,

힉!!
눈 마주쳤…

자다가도 아기가 무사한지 걱정된다는 남편.

설마 이불에
질식하는 건
아니겠지…?

그렇게 우리는 부모가 되나 보다.

잘 있네…

온 마음과 신경이 아이에게 향하는 것을 시작으로.

하루만이라도
푹 자고 싶다.

애가 울어도
잘만 자면서
뭔 소리야.

5

♦

아이가 태어난 뒤 바뀐 수면

밤잠 편

~~~~~~~~~~~~~~~~~~~~~

인생의 여러 변화를 경험하면서 나의 수면도 변했다. 고3때
는 절대적인 수면 부족으로 수업 시간에 엎드려 자는 날이
많았고, 대학생 때는 밤늦게까지 호기롭게 술 마시느라 1교
시 수업 때 못 일어나고 늦잠을 잤다. 병원 수련생 시절에는
아침 7시 30분 회진을 돌기 위해 밤 10시면 누워서 억지로
자려고 노력했고, 결혼 전 연애할 때는 1분이라도 연인과(지
금의 남편) 시간을 더 보내려고 잠을 줄였지만, 낮에 특별히
피곤하지 않았다. 무엇보다 출산은 수면을 급격히 바꾸는 대

형 사건이었다.

아이의 수면 변화에 따라 엄마의 수면 습관도 변한다. 밤 중에 자주 깨기 때문에 낮잠으로 보충하기도 하고, 아이를 재우며 같이 잠든 뒤 새벽에 일어나 몇 시간 말똥말똥한 상태로 깨어 있다가 다시 잠들기도 한다. 주중에 독박 육아 신세라면, 주말에 남편이나 가족에게 아이를 맡기고 몰아서 자기도 한다. 과연 이렇게 자도 괜찮은 걸까?

잠을 두 번에 나눠서 자도 될까

엄마들과 만나서 이야기를 나누면, 백이면 백 아기를 낳기 전보다 더 일찍 잠들고, 아이를 재우다가 함께 골아떨어진다고 말한다. 문제는 초저녁에 아이랑 푹 잤다가 한밤중에 일어나 멍하니 깬 상태로 한참 뒤척이다가 새벽에 다시 간신히 잠을 청하는 날이 늘어난다는 데 있다. 이런 수면 패턴이라면 당연히 피곤할 수밖에 없다.

아이와 함께 아침까지 푹 자면 좋으련만 중간에 깨는 이유는 뭘까. 4장에서 소개한 잠을 잘 자기 위해 필요한 조건들을 상기시켜보자. 잠을 잘 자려면 깨어 있는 시간이 충분해서 '수면 욕구(혹은 수면 압력)'가 높아야 하고, 생체리듬상 '수면 타이밍'이 맞아야 한다. 잠을 자기 시작하면 우리 뇌에서 델타파가 나오면서 몸이 피로회복을 할 수 있게 도와준다. 잠을 자면서 이런 수면 욕구가 해소되는 데에는 3~4시간 정도 소요된다. 그 이후부터 우리가 수면을 유지할 수 있는 이유는 생체리듬 덕분이다. 내 생체리듬에 적합한 수면 타이밍은 따로 있고, 그 시간에 잠을 청해야만 수면을 유지할 수 있다. 그런데 아이를 재우다가 생체리듬과 어긋난 더 이른 시간에 잠들면, 수면 욕구가 어느 정도 해소된 3~4시간 후에는 깰 수밖에 없다. 생체리듬 상 깨어 있고자 하는 신호가 충분히 약해져 있어야 하는데 그렇지 않기 때문에 수면을 유지하기 어려운 것이다. 통잠을 자지 못하고 두 번에 나눠서 자는 것이 물론 잠을 아예 안 자는 것보다는 낫겠지만, 가장 좋은 수면은 나의 생체리듬과 어긋나지 않게 자는 것이다. 그렇기 때문에 엄마가 만약 아기를 낳기 전에 특별히 아침형 인간이 아니었다면, 아기와 함께 잠드는 것을 피하는 것이 좋다.

우리나라에서는 혼자 아이를 재우는 것보다는 아기가 잠들 때까지 아이와 함께 누워 있는 방법을 선호한다. 많은 부모들이 이 시간에 아이들과 정서적인 교류도 하고, 도란도란 하루의 일을 이야기할 수 있어 좋다며 포기하고 싶지 않아 한다. 그렇지만 아이와 잠들어버리면 그 이후 해야 할 일(집 정리)과 하고 싶은 일(치맥 하며 드라마 정주행)을 못하기 때문에 아쉽기도 하다. 사람은 누구나 어두운 방에, 포근한 침대에 누워 있으면 졸리기 마련이고, 육아로 피곤한 엄마들은 말할 것도 없다. 그래서 나는 편안한 침대에 아이와 함께 누워서 재우기보다 딱딱한 의자 같은 곳에 앉아서 재우기를 추천한다(이 방법은 2부에서 소개할 수면 교육 방법 중 하나다). 의자에서 아이들과 원하는 정서적 교류를 하되, 재우고 난 뒤 자리를 뜨는 것이다. 그러면 내 생체리듬에 조금 더 맞는 수면을 지킬 수 있다(수면 교육을 할 때 아이와 신체적 접촉은 최소화해야 하기 때문에 옆에 누워서 재우는 방법은 추천하지 않는다).

만약 아이와 함께 잠들고, 아침까지 쭉 잘 수 있다면 축하한다. 당신은 드디어 아침형 인간이 된 것이다!

부모의 일주기 유형

달이 뜨면 정신이 맑아지는 올빼미형

육아인의 하루는 육퇴 후에 시작된다.

아침 일찍 하루를 시작하는 종달새형

아기가 깨기 전 이른 아침이 꿀모닝!

밤낮으로 잠만 자고 싶은 나무늘보형

앉을 수 있을 때 서 있지 말며, 누울 수 있을 때 앉아 있지 말고 잘 수 있을 때 깨어 있지 말지어다.

주말에 몰아서 자도 될까

주중에 일하러 가야 하거나 아이를 어린이집에 보내야 해서 일찍 일어나다가 주말에 피로가 쌓여 늦잠을 몰아 자는 엄마들이 꽤 있다. 아이가 없는 직장인이나 학생도 자주 주중에는 적게 자고 일찍 일어나며, 주말에 몰아서 자곤 한다. 주말에 몰아 자면 생체리듬이 일시적으로 깨져 피로가 풀리기는커녕 월요병만 심해지는데 그 이유는 바로 **사회적 시차**social jet lag 때문이다.

기상 시간이 자주 바뀌면, 우리 몸은 해외여행을 할 때 시차 때문에 겪는 피곤함과 멍한 상태를 비슷하게 경험한다. 이를 사회적 시차라 부른다. 예전에 상담한 한 내담자는 주중에 남편의 출근 시간 때문에 아기가 깨는 7시에 같이 일어나다가, 주말만 되면 아이와 남편을 시댁에 보내놓고 오후 1시까지 잤다고 했다. 이렇게 기상 시간이 평소와 6시간이나 차이가 나는 것은 마치 6시간 시차가 있는 나라에 당일치기 여행을 하고 돌아오는 것과 비슷하다. 6시간 시차가 나는 나라인 이집트를 당일치기로 다녀왔다고 상상해보자. 생각만 해도 피곤하다. 그렇기 때문에 만약 잠을 보충해야 한다면 낮잠을 자거나, 늦잠을 꼭 자야겠으면 기상 시간은 평소 일어나는 시간보다 1시간 이내로 차이 나게 조정하는 것이 좋다. 물론 야행성일수록, 나이가 더 젊을수록 기상 시간의 차이에 더 유연하게 적응할 수 있지만, 웬만하면 일정한 기상 시간을 지키고 낮잠으로 보충하는 것이 건강한 생체리듬을 유지하는 데에는 도움이 된다.

잠에 진심인 인간

한때 나에게 잠이란,

신나는 하루를 강제 종료하는 방해물

혹은 쫓아내고 싶은 불청객이었다.

왜 밤은 오고

인간은 자야만 하는가…

하지만 세월이 흘러 아이와 밤을 함께 보내면서,

엄마 쉬…

엉… 쉬 하고 와.

…했어.

네?

나는 잠에 진심인 인간이 되었다.

그렇게 시작된 나의 〈기승전잠〉 라이프 3종 세트

볶아는 체력전!
나의 체력이
곧 가정의 평화!

밤에 못 자면
시도때도 없이
자기로 하자!

① 아이를 봐 줄 사람이 있으면
최대한 낮잠 시간으로 활용한다.

Z
Z

한숨 낮잠이
열 잔 커피보다 낫다.

주의   낮잠을 너무 오래 잤다가는
커피 열 잔 마신 것처럼
밤잠을 설칠 수 있다.

말똥
말똥

남편,
내가 세 시간이나
자고 있으면
깨웠어야지…

② 아이 재울 때 같이 잔다.

엄마!
엄마!!

엄마 자요…

누워 있는데
잠까지 온다면
이때가 잘 타이밍.

6

♦

아이가 태어난 뒤 바뀐 수면

낯잠 편

～～～～～～～

아이가 낮잠을 잘 때, 나도 같이 자고 싶다는 유혹을 뿌리치기란 어려운 일이다. 눈꺼풀이 무거워지고, 책에서 똑같은 문장을 열 번 넘게 읽고 있는 나를 발견할 때면 더 그렇다. 잠깐 눈을 붙이면 훨씬 개운해지고 에너지 충전도 될 것 같다. 그렇지만 하루는 너무 짧고, 밀린 일을 처리하거나 설거지라도 마저 해야겠다는 생각에 에스프레소에 샷을 추가해서 생존 커피를 투약한다. 낮잠을 자고 싶은 욕구와 해야 할 일들을 하고 싶은 욕구 사이에서 끊임없이 줄다리기하며 나는 이렇게 낮잠과 애증의 관계를 유지해왔다.

지난 20여 년간 수면 연구자들은 밤잠뿐 아니라 낮잠의 이점을 꾸준히 연구해왔다. 연구들은 '낮잠은 주의를 집중시키고, 기억력 같은 인지 기능도 향상시킬 뿐 아니라 신체적, 정신적 건강에 긍정적 영향을 미친다'고 입을 모아 얘기한다. 그렇다면 낮잠을 언제, 얼마나 자는 것이 좋을까?

낮잠 잘 때 유의해야 할 점

출산 후 낮잠을 자는 것이 좋다는 연구 결과는 꽤 많다. 실제로 낮잠을 자는 엄마는 낮 동안 덜 피곤하게 느끼고, 아기와 상호작용을 더 잘한다. 아기를 키우는 첫 해에는 영화 〈워킹 데드〉에 등장하는 좀비 부럽지 않게 수면이 현저히 부족한 상태로 일상생활을 하기 때문에 기회가 닿을 때 잠을 보충하는 것이 좋다.

낮잠을 잘 때는 두 가지를 유의해야 한다. 하나는 낮잠의 길이고, 두 번째는 낮잠의 타이밍이다. 낮잠의 길이는 45분을 넘기지 않는 것이 좋다. 수면의 단계를 살펴보면 그 이유를 알 수 있다. 인간의 수면은 1단계에서 2단계, 3~4단계를 거쳐 빠른 안구 운동이 이뤄지는 렘^{REM} 수면 상태로 들어간다. 보통 1단계에서 렘 수면까지 모두 순환하는 데 80~120분 정도 걸린다. 그런데 깊은 수면인 3~4단계, 혹은 꿈을 꾸는 렘 수면 단계로 들어가고 나면 깰 때 온몸이 두들겨 맞은 것마냥 찌뿌드드하고 깨기 어렵다. 이것을 전문용어로 **수면 관성**$^{sleep\ inertia}$이라고 하며, 깨자마자 술 마신 것처럼 정신이 멍하고 행동이 느리다고 해서 '수면 숙취$^{sleep\ drunkenness}$'라 부르기도 한다. 수면 숙취 상태에서는 크고 작은 사고들이 생기기 쉽다. 나도 둘째 아이를 출산하고 수면 숙취를 경험한 적이 있다. 정수기 옆에 분유 제조기가 놓여 있었는데, 한밤중에 밤 수유를 하기 위해 분유 제조기 버튼을 누른다는 게 젖병에 물을 담은 적도 있고, 목이 말라 물을 한 잔 마신다는 게 분유 제조기 버튼을 눌러 분유를 원샷할 뻔한 일도 있었다.

밤 수면이 부족한 사람이 10분만 낮잠을 자도 피로가 풀리고 졸림을 덜 느끼며 기억력이나 주의력과 같은 여러 가지 기능이 개선된다. 또한 여러 연구에 의하면 30분간 낮잠을 자고 일어나면 깨고 나서 잠시 멍한 상태를 경험했지만, 수면이 부족해서 생긴 피로감이나 졸림, 주의력 문제가 해소됐다고 한다.

낮잠은 타이밍도 중요하다. 깨고 나서 시간이 지날수록 우리는 깊은 수면(3~4단계 수면)을 더 많이 필요로 하기 때문에, 취침 시간에 가까운 때에 낮잠을 자면 밤잠이 방해를 받는다. 하루 중 낮잠을 자기 가장 좋은 시간은 '깨고 나서 7~9시간이 지난 후'다. 아침 7시에 깼다고 가정했을 때 오후 2~4시쯤으로, 이 시간은 졸음으로 인한 교통사고가 가장 많이 일어나는 시간이기도 하다. 점심 식사 후 졸린 이유는, 밥을 먹어서라기보다는 일주기 리듬 상 잠깐 각성 신호가 약해지는 시간이기 때문이며, 이때 낮잠을 청하면 양질의 낮잠을 잘 수 있다.

나에게 필요한 수면의 양 분석하기

내 수면 양은 부족할까 아니면 적당할까? 그 질문에 답을 얻으려면 먼저 내게 필요한 수면의 양이 몇 시간인지 파악해야 한다. 인간은 7~8시간 잠을 자야 한다고 알려져 있지만, 사람마다 필요한 수면의 양은 다르다. 예전에 학회 참석 차 스페인에 있을 때 지도교수님과 함께 호텔방을 쓴 적이 있었다. 교수님이 원래 에너지가 많은 분이라는 것은 알고 있었지만, 5시간만 주무시고 호텔방의 암막 커튼을 열어 노래를 흥얼거리시며 아침을 맞이하시는 것 아닌가. 반대로 나는 간신히 이불 사이에서 몸을 일으켜 세워 앉았다가 제정신을 못 차리고 쓰러지는 행동을 반복했다. 이때 나는 사람마다 필요한 수면의 양이 다르다는 것을 확실히 체감했다(지도교수님 앞에서 잘 보이고 싶은 마음도 굴뚝같았으나, 그 마음보다 수면욕이 더 강하다는 것도 알게 되었다). 유명한 수면학자인 엘리자베스 클러먼 Elizabeth Klerman과 더크 얀 디크Derk-Jan Dijk는 실험을 통해 피험자들에게 하루에 16시간의 수면을 취할 기회를 줬다. 충분히 잠을 잘 수 있는 시간을 줬는데도 젊은 사람은 평균 8.9시간, 나이 든 사람은 평균 7.4시간만 잤다.

그렇다면 나에게 필요한 수면의 양은 어떻게 알 수 있을까? 충분히 잘 기회가 주어졌던 때를 생각해보자. 출근이나 등교를 하지 않아도 되는 날, 스케줄의 제약이 없는 날이 연이어 있을 때 나는 몇 시간 자는가? 굳이 아침에 일어나지 않아도 될 때, 나는 몇 시간을 자야 다음 날 피곤하지 않고 하루를 잘 보내는가? 지루한 회의 자리에서 또는 버스나 지하철에서 졸지 않을 정도로 피곤하지 않은 날, 나는 몇 시간을 잤는가? 그 시간이 내게 필요한 이상적인 수면 시간이다. 그리고 '이상적인 수면 시간'은 사람마다 다르기 때문에 옆 사람과 비교할 필요가 없다.

나의 수면 부채 해결하기

부족한 수면을 **수면 부채**sleep debt라고 일컫는다. '부채'라고 하니 은행 대출을 연상하기 쉽지만, 수면은 은행 계좌와는 다르다. 2시간을 자고, 잠깐 깼다가 4시간을 잔다고 해서 6시간 잔 것과 똑같지 않다. 밤에 아이를 돌보기 위해 낮에 3~4시간을 당겨서 자둔다고 해서 밤에 못 잔 것이 보충되지도 않는다. 부족한 수면을 낮잠으로 보충하기 위해서는 내게 필요한 수면의 양을 계산하고, 최근 실제로 자는 시간과의 차이를 확인해야 한다. 우선 지난 7일간 평균적으로 잔 시간을 계산해보자.

수면 부채 = (내게 필요한 수면의 양) – (지난 7일 평균 수면 시간)

내게 필요한 수면의 양과 지난 7일 평균 수면 시간의 차이가 2시간 이상 난다면 부족한 수면, 즉 수면 부채를 보충해야 한다.

연구에 의하면 수면 부채가 증가할수록 감정 기복도 심하고, 더 쉽게 불안해진다고 한다. 그래서 멘탈 갑이라고 자부하던 사람도 아이가 태어나고 첫 일 년은 수면 부족 때문에 정신 건강이 위태로워질 수 있다. 이런 엄마들을 만나면, 아이가 잠을 안 자고 버티면 '욱'하는 감정이 올라와 (아무 것도 못 알아듣는) 아이에게 제발 잠 좀 자라고 소리 지르게 되고 분노가 치민다고 한다. 만약 그런 행동을 하고 있는 자신을 발견한 적이 있다면, 그것은 당신이 나쁜 부모라서가 아니라 수면 부족으로 인해 잠시 이성이 잘 기능하지 않아서 그런 것으로 이해하고 자책을 멈추길 바란다. 실제로 밤을 꼬박 새면, 정서 조절을 담당하는 편도체^{amygdala}와 이성적 사고를 담당하는 내측 전전두피질^{medial prefrontal cortex}의 기능적 연결성 이 끊어진다. 그런 상태가 되면 평소에 잘 잤을 때에 비해 부정적 감정이 늘고 충동적이거나 비이성적인 행동이 튀어나 올 수 있다.

또한 어떤 뇌 영상 연구에 의하면 수면 부채의 양에 비례 해서 편도체와 복측 전대상회로^{ventral anterior cingulate cortex} 사이 의 기능적 연결성이 약해져서 몸과 마음이 나쁜 일에 더 크 게 반응하고 더 우울해질 가능성이 높다고 한다. 즉, 내게 필 요한 수면의 양보다 더 적게 자서 수면 부채가 발생하면, 육 아로 인한 힘들고 스트레스 받는 상황들이 더 힘겹게 느껴져 부정적 감정의 슬럼프에 빠지기 쉽다. 그리고 평소의 평정심 을 잃고 아이나 주변인에게 화풀이할 수 있다. 따라서 정신 건강을 위해 수면 부채를 틈틈이 해결하는 것이 좋다.

수면 팁

낮잠에서 깬 뒤 빨리 정신 차리는 법

한 연구에서 낮잠을 자기 전에 커피를 마시는 일, 밝은 빛을 쬐는 일, 낮잠 후 바로 세수하는 일 중 어떤 방법이 가장 빨리 맑은 정신으로 회복하는 데 도움을 주는지 비교해보았다. 그중 카페인 200밀리그램(스타벅스 아메리카노 톨 사이즈 한 잔 정도)을 마시고 낮잠을 자는 것이 기능을 회복하는 데 가장 효과적이었다고 한다. 물론 낮잠 직후 밝은 빛(2000 럭스 이상)을 쬐거나 세수를 하는 것도 졸림을 달아나게 하는 데 도움이 됐다고 한다. 이제 낮잠 직후 소파에 누워 있기보다 아이와 함께 햇볕을 쬐러 산책을 나가보자.

사라진 낮잠시간

7

◆

불면증은 왜, 어떻게 생길까

~~~~~~~~~~

불면증을 겪는 사람들에게는 공통된 특징이 있다. 대부분 어
느 시점까지는 잠을 꽤 잘 잤으며("교수님, 저는 애 낳기 전에는
베개에 머리만 닿으면 바로 레드썬 했어요!"), 보통 어떤 사건을 경
험하면서 잠을 잘 못 자기 시작했고, 그 사건을 겪은 뒤 한참
시간이 지났음에도 수면 문제가 개선되지 않았거나 괜찮아졌
다가 다시 잠을 못 잤다. 이때 '어떤 사건'은 스트레스와 관련
이 있는 사건인 경우가 많았다. 예를 들어 취업을 했는데 일중
독, 완벽주의, 갑질을 일삼는 최악의 삼종세트 상사를 만나서

적응을 못하거나, 애인이 이별을 고해 마음고생을 하는 것 때문에 일시적으로 수면 문제를 겪었다. 그렇지만 스트레스를 주는 원인이 사라진 뒤에도 잠을 계속 못 자는 이유는 뭘까?

불면증이 어떻게 생기는지 설명하는 데 가장 잘 알려진 이론이 3-P모델이다. 3-P 모델은 불면증의 3요소, 취약 요인predisposing factor, 유발 요인precipitating factor 그리고 지속 요인 perpetuating의 앞 글자를 따서 만든 이론이다. 수면의학자 아서 스필먼Arthur Spielman 교수가 개발한 3-P모델은 잠을 잘 자던 사람이 어떤 메커니즘으로 불면증 환자가 되는지를 잘 설명해준다.

취약 요인은 타고난 유전적 기질, 생물학적 요인, 성격 등을 의미하는데 취약 요인만으로는 불면증에 걸리지 않는다. 사람마다 타고난 성격이 다르듯, 타고난 수면 능력에도 차이가 있다. 머리만 대면 잘 자는 사람이 있는가 하면, 작은 소리에도 못 자는 사람이 있다. 내 남편과 나만 해도 수면 능력이 서로 다르다. 남편은 아무리 신경 쓰이는 일이 있어도 머리가 베개에 닿자마자 길가의 드릴 소리처럼 크게 코를 골며 깊은 잠에 빠질 수 있다(참으로 부러우면서도 얄밉다).

나는 영화에서 냉장고 문을 여는 장면만 보여주고 닫는 장면

을 안 보여주면 밤새 냉장고 문은 과연 닫았을까 생각하느라

잠을 못 자는 강박적이고 예민한 성격으로 옆방에서 불 켜는

스위치 소리만 들어도 잠귀가 밝아 일어나는 사람이다. 이렇

게 기질적으로 타고난 부분이 있는데, 나는 '예민하다neurotic'

라는 말보다는 '민감하다sensitive'라는 표현을 선호한다. 네덜

란드의 유명한 수면의학자 유스 반 소메론Eus van Someren 교수

가 불면증 환자와 잠을 잘 자는 사람의 뇌를 비교해보았더니

불면증 환자군의 안와전두피질orbitofrontal cortex과 쐐기앞소엽

precuneus의 부피가 더 작다는 것을 발견했다. 안와전두피질은

온도 감지에 관여하는 뇌 영역인데, 이를 근거로 반 소메론

교수는 불면증이 있는 사람이 기질적으로 잠자는 환경의 온

도에 더 민감하다고 주장했다. 또한 쐐기앞소엽은 외부 정보

를 차단하는 역할을 하는데, 불면증에 취약한 사람은 이 부위

의 부피가 상대적으로 작아 외부의 작은 소리나 변화에 민감

할 수 있다고 설명했다.

유발 요인은 불면증의 시작 시점에 발생한 스트레스 사건이나 인생의 큰 변화를 뜻한다. 연인과의 이별, 가족 구성원의 사망, 곧 치러야 하는 시험과 같은 스트레스를 받는 사건일 수도 있지만, 결혼, 출산, 이사, 부서 이동과 같이 인생의 큰 변화가 유발 요인이 된다. 누구나 한 번쯤 살면서 어떤 사건으로 좀처럼 잠을 이루지 못한 경험을 해본 적이 있을 것이다. 다음날 긴장되는 일이 있어서 단기적으로 잠을 설치는 정도의 경험 말이다. 미국의 정신의학자 토머스 홈스Thomas Holmes와 리처드 라히Richard Rahe는 1967년, 특정 사건이 사람들에게 어느 정도의 스트레스를 유발하는지 '인생 변화 단위'라는 지표를 개발해 우리가 받는 스트레스 정도에 순위를 매겼다. 1위가 배우자의 사망, 2위가 이혼, 3위가 별거였으며, 7위가 결혼, 12위가 임신, 14위가 출산이었다. 임신과 출산은 친한 친구의 죽음, 이직 혹은 파산보다 더 높은 스트레스를 유발하는 것으로 조사됐다. 임산과 출산에 관해 새 생명의 탄생 또는 가족의 확장 등 긍정적인 측면들만 주로 조명하지만, 새 식구를 맞이하는 것이 부모 모두에게 스트레스를 유발하는 사건

임을 인정하는 것 또한 중요하다.

　단기적으로 잠을 설치더라도 스트레스를 주는 사건을 겪은 뒤 보통은 일정 시간이 지나면 다시 잠을 잘 자게 된다. 그렇지만 유발 요인으로 인한 수면 문제를 경험한 사람 중 약 10퍼센트는 원인이 사라졌는데도 만성 불면증 환자가 된다. 이유는 **지속 요인** 때문이다. 지속 요인은 '수면을 방해하는 잘못된 행동이나 습관' 혹은 '수면 자체에 대한 오해나 파국적 해석'을 의미한다. 잠을 못 자면 낮에 피곤할 것이고, 커피를 평소보다 많이 마실 수 있다. 또한 너무 힘드니까 낮잠으로 잠을 보충하려고 할 것이다. 평소보다 일찍 잠자리에 누워서 오늘 더 많이 자야겠다고 다짐하기도 한다. 잠이 너무 안 올 것 같으면 맥주 한 캔을 따서 술로 해결하려고 할 수도 있다. 내가 상담했던 한 걸그룹 멤버는 너무 잠이 안 와서 자기 전에 세 시간 동안 스테퍼 운동을 하며 지칠 때까지 몸을 굴렸다고 했다. 어떤 내담자는 병원에서 처방받은 수면제를 의사와 상의 없이 자기 마음대로 조절한 경우도 있었다. 잠이 안 오면 한 알 먹을 것을 두 알 먹고, 잠이 잘 올 것 같으면 약을 안 먹고 버틴다든지 하는 식이었다.

지속 요인에는 행동만 있는 것은 아니다. 수면에 관한 잘못된 생각도 지속 요인으로 작용한다. 불면증이 없는 사람은 하룻밤 못 잔 뒤 다음 날 대수롭게 생각하지 않고 침대에 들어간다면, 불면증이 있는 경우 과연 그날 밤에는 잘 잘지 낮 동안 걱정을 하게 된다. 잠을 못 자는 일 자체를 위험하거나 스스로 통제력을 상실했다고 해석하기도 한다("다른 사람 다 자는 잠도 못 자고, 내 인생에서 뜻대로 되는 게 하나도 없어요"). 잠을 제대로 자지 못했을 때 벌어지는 일에 대해서도 지나치게 파국적으로 생각할 수도 있다. 기업에서 임원직을 맡은 한 직장인이 와서, 잠을 못 자는 것에 대해 지나치게 걱정하기에 "잠을 못 자면 어떤 일이 벌어질 것 같아 그렇게 두려워하세요?"라고 물었다. 그는 "잠을 못 자면 업무 처리에 실수가 잦을 것이고, 실수가 잦으면 회사에서 징계를 먹을 것이고, 징계가 재차 반복되면 해고돼서 길거리를 돌아다니며 부랑자로 살다 죽을 것 같아요"라고 대답했다. 하룻밤 못 자는 것의 결과를 파국적으로 해석하는 불면증 환자들을 심정을 잘 반영한 대답이었다. 잠을 자려고 노력하다 보면, 이런 파국적 생각들은 꼬리에 꼬리를 물어 긴장감만 키운다. 당연하게도 침대에 누워 뒤척일수록 잠은 더 멀리 달아나버린다.

무엇보다 불면증을 겪는 사람들은 '노력하면 해결할 수 있다'며 전의를 불태운다. 그러나 잠은 의지를 가지고 노력하면 해결할 수 있는 차원의 문제가 아니다. 역설적으로 잠을 잘 자는 사람은 낮 시간에 잠에 대해 생각하지 않는다. 그들에게 잠은 생각 없이 자동적으로 일어나는 현상이기 때문이다.

결국 잠을 잘 자기 위해서는 지속 요인, 즉 잠에 대해 갖고 있던 잘못된 생각이나 파국적 해석을 줄이고, 수면 습관을 새로 다잡아야 한다. 무엇보다 수면 문제가 낮에까지 큰 지장을 줄 정도로 증상이 심하다면 전문적인 치료를 꼭 받아야 한다. 몸이 너무 힘들어서 아이를 돌보고 상호작용하는 데 전념할 수 없고, 아이가 잠들 때만을 기다리며 10분이 10시간처럼 느껴지는 괴로운 경험을 하고 있다면 반드시 전문가를 찾아라(실제로 불면증에 걸리면 시간 지각이 왜곡되어, 실제 시간보다 그 시간이 더 길게 느껴진다는 연구도 있다).

수면 팁

잠을 잘 자게 하는 여섯 가지 수면 위생

흔히 치료 기관을 방문하면, 잠을 잘 자게 하는 방법으로 '수면 위생'을 소개한다. 수면 위생이 만병통치약은 아니지만 최소한 불면증 예방을 도와주고 좋은 수면 습관을 형성하는 데 도움을 줄 것이다.

1. 커피나 콜라처럼 카페인이 든 음료는 잠자기 6시간 전에는 피한다. 카페인은 (수면을 유도하고 졸리게 만드는 호르몬 아데노신 수용체에 길항하여) 졸음을 쫓고 잠을 깨운다. 우리가 마신 카페인의 절반을 분해하는 데에 걸리는 시간은 6시간이다. 그렇기 때문에 내가 계획했던 취침 시간이 있다면 6시간 전에는 카페인이 담긴 음료는 삼가는 것이 좋다.

카페인 가이드

음료	카페인 양
스타벅스 아메리카노 톨 / 그란데	150mg / 225mg
에너지 드링크 1캔	179mg
에스프레소 1샷	75mg
홍차 1잔 (약 230ml)	47mg
녹차 1잔 (약 230ml)	28mg
콜라 1캔	40mg
믹스 커피 1봉지	브랜드에 따라 40~60mg
박카스 1병	30mg

2. 자기 전에 술을 마시지 않는다. 술은 진정제이기 때문에 초

반에 잠이 드는 데는 도움이 될 수 있지만, 결국 깊은 잠으로

들어가는 것을 방해하고 수면의 질을 저하시키기 때문에 마시지 않는 것이 좋다.

3. 침실 온도를 적정하게 유지하고, 침실 분위기를 편안하고 조용하게 조성한다. 암막 커튼으로 침실을 어둡게 유지하는 것도 추천한다.

4. 소리에 예민하다면, 소음 차단을 위해 귀마개 착용이 도움이 될 수 있다.

5. 자기 전에 격렬한 운동을 하면 잠이 깨기 때문에 하지 않는다. 요가나 스트레칭처럼 이완하는 가벼운 운동은 괜찮다.

6. 휴대폰을 들고 잠자리에 들어가지 않는다. 밝은 빛은 잠에 드는 일을 방해하고, 잠을 깨울 수 있다. 그리고 너무 재미있는 콘텐츠를 보면 흥분해서 잠드는 걸 방해할 수 있다.

어김없이 새벽

오늘도 새벽에
잠이 깼다.

이 시간에
깨면
안 되는데…

나의 취약 요인 학창시절부터 긴장하면
간혹 잠을 못자곤 했지만

내일은
지각하면 안 되는데.
알람 맞췄나?
못 들으면
어떡하지…

다음 날 푹 자고 나면 괜찮아지니까
잠 때문에 고생한 적은 없었는데

푹
자는 중

Z

나의 유발 요인 아기가 태어난 후로는

조심
조심

조마
조마

원한다고 아무 때나 잘 수 없게 되었다.

아이가 밤새 잔다고 해도

신경 쓸 일이 많아
깊이 잠들기가 어려웠다.

나의 지속 요인

내가 밤에 자든 못자든
육아는 계속되어야 하니까

부족한 잠은 커피로 깨우고

남편이 있는 주말에는
가능한 오래 낮잠을 잤다.

밤이 오면 더 나은 내일을 위해
애써 일찍 잠자리에 들지만

어김없이 새벽에 잠이 깨서는

다시 자려고
아무리 노력해도

가만히 누워 아무리 기다려봐도

정신은 점점 맑아지고
나는 자꾸 시계만 본다.

내일은 또 어떻게 버텨야 할까.

8

♦

잠이 안 올 때 할 수 있는 것들

~~~~~~~~~~~~~~~~~~~~~~~~~~~~~~~~

아이가 크면 아이의 수면 문제가 해결되면서 자연스럽게 엄마의 수면도 괜찮아질 것이라고 믿는 사람이 많다. 그러나 수면 클리닉에 치료를 받으러 오는 대다수의 엄마는 아이가 크고 나서도 습관처럼 한밤중에 깨서 다시 잠들기 어렵다고 호소하곤 한다. 심각한 불면증인데도 '병원에 가서 수면제를 먹을 정도는 아니다'라고 애써 상황을 외면하며 만성피로에 적응해 사는 쪽을 택한다.

불면증을 치료하기 위한 선택지로는 두 가지가 있다. 첫 번째 선택지는 병원에서 약물치료를 받는 것이다. 정신건강의학과, 내과, 수면전문병원에 가면 간단한 진료 후에, 수면제를 처방해준다. 수면제는 잠드는 데까지 걸리는 시간을 줄여주고 자는 시간을 늘려주며, 주로 복용한 지 일주일 이내로 효과를 볼 수 있다.

미국 식약청에서는 수면제 복용 기간을 30에서 180일 사이로 권장하고 있다. 그렇지만 대부분 1년 이상 복용하는 경우가 많으며, 더 길게는 수십 년간 복용하는 사람도 있다. 수면제를 오래 먹다 보면 '이러다가 중독되는 거 아냐?' 혹은 '평생 수면제 없이 잠을 못 자면 어떻게 하지?'라는 두려운 생각이 들기도 한다. 그래서 수면제를 처방받아도 의사가 권장한 방법대로 복용하지 않는 경우도 꽤 있고, 수면이 조금 개선됐다고 생각해 마음대로 중단했다가 잠을 더 못 자게 되어 결국에는 수면제를 다시 찾는 경우도 많다.

병원에 방문했는데 수면전문의가 하룻밤 병원에서 자면서 검사를 해야겠다고 하면 어떻게 해야 할까? 수면다원검사라 부르는 이런 정밀 검사는 '폐쇄성 수면무호흡증'과 같은 다른 수면장애가 의심되는 경우 권한다. 불면증이 꼭 심리적인 이유로만 생기는 것은 아니기 때문에, 신체적인 특성으로 인한 수면 문제인지 먼저 확인하려는 것이다. 폐쇄성 수면무호흡증의 가장 대표적인 증상은 코를 크게 고는 것이다. 그리고 잠을 충분히 잤는데도 낮에 졸리고 피곤하다. 옆에서 자는 배우자가 간혹 자다가 숨을 쉬지 않는다고 증언하기도 한다. 외모로도 어느 정도 짐작 가능하다. 체질량 지수가 35 이상이며, 목둘레가 40센티미터 이상일 때 위험성이 높아지기 때문에 만약 내 체형이 얼굴과 목의 경계가 모호하고 배가 볼록 나온 계란형이라면 검사를 추천한다.

병원에서 처방 가능한 수면제는 종류가 다양하다. 수면과 관련이 있는 신경전달물질은 감마아미노뷰티르산(가바 GABA라고 불린다)인데, 이는 우리 마음을 진정시켜주는 기능을 가지고 있다. 수면제는 주로 가바에 작용하는데, 우리가 '신경안정제'로 알고 있는 벤조다이아제핀 약물과 비벤조다이아제핀 약물이 포함된다. 한국에서 가장 흔하게 처방되는 약은 졸피뎀이라는 흰 알약인데, 2016년 〈그것이 알고 싶다〉에서 수면제를 먹고 한 행동들을 기억하지 못하는 부작용을 집중 취재해 방영한 이후, 약을 먹지 않고 불면증을 치료하는 방법에 관심이 높아졌다.

약 먹지 않고 불면증 치료하기

불면증을 치료하기 위한 두 번째 선택지는 약을 먹지 않고 해결하는 것이다. '불면증을 위한 인지행동치료Cognitive-Behavioral Therapy for Insomnia, 이하 CBTI'라고 부르는 이 치료법의 핵심은, 심리치료로 불면증을 치료하는 것이다. CBTI는 훈련받은 수면전문의(주로 정신건강의학과 전문의)나 임상심리전문가, 상담심리전문가가 주치료자다. 병원마다 차이는 있지만, 매주 한 번씩 모두 네 번에서 여섯 번 정도를 만나서 치료한다. 한 번 만났을 때 치료 시간은 약 50분이다. CBTI는 잘못된 수면 습관이나 행동들을 교정해 불면증을 치료하고 수면을 개선하는 데 초점이 맞춰져 있다. 물론 수면전문가와 이야기를 나누는 과정에서 다른 심리적인 영역에 관한 이야기가 나올 수 있다. 특히 잠을 못 자는 것은 우울하거나 불안한 감정과 연관이 있기 때문에 상담을 하다가 평소 내 마음을 울적하게 하거나 불안하게 만든 일이나 감정에 대해 자연스럽게 이야기할 수 있는 것노 불면증을 위한 인지행동치료의 장점이다.

불면증을 위한 인지행동치료를 받게 되면 처음 만났을 때 현재 불면증에 기여한 내담자의 잘못된 수면 패턴과 습관, 그리고 수면에 대해 갖고 있는 왜곡된 생각과 믿음 들을 점검한다. 가령 자기 전에 소주 한 잔을 마시면 잠을 더 잘 잘 것이라고 생각하지만, 그렇지 않다. 술은 진정 기능이 있어서 사람을 졸리게 만들기는 하지만 렘 수면 단계에 들어가는 것을 억제하기 때문에, 수면의 질은 떨어지게 된다. 그래서 술을 마시고 나면 몸이 찌뿌드드한 경우가 많고, 평소보다 더 일찍 일어나 피곤함을 느끼게 된다.

앞으로 9장에서 12장까지는 불면증을 위한 인지행동치료에서 활용하는 몇 가지 원리와 기법을 소개할 예정이다. 당장 전문기관을 찾아갈 만큼의 시간과 여유가 없다면, 이어지는 장에서 도움을 얻기 바란다. 스스로의 수면을 돌아보고, 조금씩 수면에 대한 잘못된 습관을 바로잡아 나간다면 일상에서의 변화를 확실히 느끼게 될 것이다. 그리고 혹시나 불면증이 너무 심해서 일상생활이 방해를 받는 수준이라면 애써 참지 말고 수면전문병원이나 수면전문상담기관을 꼭 한번 찾기를 권한다.

불면증 혹은 불면장애란?

잠들기 어려움(보통 30분 기준).

아침에 계획했던 것보다 너무 일찍 깨서,
다시 잠들기 어려워 결국엔 하루를 시작함.

일주일에 3일 이상 잠을 잘 못 잠.

잠은 들었는데 중간에 깨서 다시 잠들기 어려움.

최소한 3개월 이상 문제가 지속됨.

잠을 잘 못자는 것 때문에 집중력, 감정 컨트롤,
기억력 등 깨어 있을 때 심각한 지장을 가져옴.

애가 계속
깨는 것 때문에
잠을 못 잔다면
불면증이 아니에요.

수면 팁

4-7-8 호흡법

우리 몸은 크게 교감신경계와 부교감신경계로 나뉘어져 있어요. 교감신경계는 우리의 '흥분 모드'입니다. 보통 어떤 활동에 집중을 하거나 위협을 느끼거나 신났을 때 활성화되죠. 반면 부교감신경계는 마음이 편할 때 활성화되는 '진정 모드'입니다. 잠을 자려면 부교감신경계가 활성화되어야 해요. 부교감신경계를 활성화하기 좋은 방법 중 하나는 '호흡법'이에요. 호흡법에도 다양한 방법이 있는데, 복부를 팽창시키는 복식 호흡이 가장 널리 알려져 있어요. 오늘 소개하고 픈 호흡법은 4-7-8 호흡법이에요! 4초 동안 숨을 들이쉬고, 7초 동안 참고, 8초 동안 숨을 아주 천천히(요구르트 빨대를 입에 물고 내쉬듯이) 내쉬세요. 이렇게 호흡하는 일은 우리 뇌에게 "지금은 마음을 편안하게 먹고, 휴식을 취해도 된다"는 메시지를 보내는 것과 같아요. 자기 전에 해도 되고, 하루 중 긴장했다고 느낄 때 실천해보면 좋아요.

4-7-8 호흡법

4초
들이쉬기

7초
숨참기

8초
내쉬기

민낯

불면의 밤은 다음 날의 피곤으로만
그치지 않고

또
늦었다.

나의 민낯을 드러나게 했다.

얼른
신발 안 신고
뭐해!!

얼음..

가장 소중한 사람에게
가장 형편 없는 방식으로.

얼른 와!!
꽃 구경할
시간 없어!!

잠을 못 자는 건 내 문제였지만

잘 다녀와.

배꼽 손,
어머니께
인사~

다녀오겠
습니...

그 결과는
내 문제만은 아니었다.

무슨 큰일 난다고
그렇게 화를 냈을까.
나 때문에 어린이집에서
기죽어 있으면
어떡하지…

잘 자고 싶다는 바람이
잘 자야겠다는 결심으로 바뀐 건

어? 어…
엄마 잠깐만.

엄마!
이거 좀
봐봐요!

Z Z

이 아이가 있기 때문이다.

지금 자야
내일의 육아를
할 수 있어.

아이가 '엄마'라고 부를 때
웃는 얼굴로 대답하는 그 작은 일마저도
제대로 잠을 자야
할 수 있다는 걸 알았으니까.

근데 잠이 안 와.
도움이 필요해…

9

◆

잠을 잘 자려면
침대에 누워 있지 말아야 한다

~~~~~~~~~~~~~~~~~~

얼마나 잠을 잘 자는지 점수를 매긴다면, 나는 몇 점 정도 될까? 공부로 따지자면 똑똑한 공부법은 '책상에 오래 앉아 있지 않으면서도 좋은 성적을 받는 것'이 될 수 있다. 그렇다면 똑똑한 수면법은 무엇일까?

잠을 못 자면 대부분의 사람들은 본능적으로 침대에 더 오래 누워 있게 된다. 침대에 조금이라도 더 누워 있으면 잠을 잘 기회가 더 많아질 것이라고 생각해서다. 내담자로 만났던 B씨는 출산하고 첫 일 년간 잠을 푹 자지 못하고 자주 깼다. 아이가 크면 나아지리라 기대했는데 예상과 달리 아이는 통잠을 자기 시작했지만, B씨는 계속 밤중에 깼다. 아이를 유치원에 보내면 집에 돌아와 침대에 누워서 쉬었다. 아이가 하원했을 때를 위해 에너지를 비축해야 한다는 생각에 아이가 없는 낮 시간에는 좌坐식형 인간도 아닌 와臥식형 인간이 되어버렸다.

　잠을 못 자면 오래 누워 있는 것이 직관적으로는 해결책처럼 보일 수도 있는데, 안타깝게도 침대에 오래 누워 있는다고 해서 잠을 더 많이, 잘 자는 것이 아니다. 잠을 얼마나 잘 잤는지 판단할 때 수면의 질quality과 양amount을 모두 고려해야 한다. 여기서 중요한 점은 수면의 질과 수면의 양이 꼭 비례하지는 않는다는 것이다. 오래 잔다고 더 깊이 잘 자는 것도 아니고, 짧게 잤다고 질이 떨어지는 것도 아니다. 지하철에서 깜빡 졸았는데 갑자기 리프레시가 될 수도 있고, 피곤해서 하루 종일 침대에 밀착되어 있어도 개꿈을 꾸며 가수면 상태를 지속해 마냥 피곤할 수도 있다.

나의 꿀잠 수치 알아보기

우선 내 잠의 현주소를 알아보자. 수면 전문용어로는 '수면 효율sleep efficiency'이라고 부르는데, 나는 '꿀잠 수치'라는 표현을 쓴다. 계산하는 방법은 간단하다. 침대에 누워 있는 시간에 비해 실제로 잔 시간의 비율을 계산하는 것이다. 예를 들어 내가 어제 침대에 10시간 누워 있었지만 뒤척이고, 화장실 다녀오고, 휴대폰 보느라 실제로 잔 시간은 6시간 밖에 되지 않는다면 나의 수면 효율은 60퍼센트다.

그렇다면 침대에 누워 있는 시간은 언제부터일까? 누운 시간이 아니라 잠든 시간부터 계산해야 할까? 아니다. 침대에 실제로 들어간 시간부터 계산해야 한다. 요즘 침대에 누워서 스마트폰을 충전기에 꽂고 영혼 없는 스크롤링을 하는 분들이 많다. 잠을 자려고 의도하지 않았더라도 이런 시간도 모두 침대에 누워 있는 시간으로 포함해 계산해야 한다.

> 수면 효율 = (실제로 잔 시간/침대에 누워있는 시간) × 100

적어도 7일 동안 내가 침대에 누워 있었던 시간, 그리고 실제로 잔 시간을 기록해 계산하면 조금 더 믿을 만한 꿀잠 수치를 확인할 수 있다. 아래 표에서도 쉽게 수면 효율을 확인할 수 있다. '잠자리에 머문 시간' 항목에서 내가 침대에 누워 있

나의 꿀잠 수치 확인하기

	총 수면 시간												
시간	4	4.5	5	5.5	6	6.5	7	7.5	8	8.5	9	9.5	10
4	100%												
4.5	89%	100%											
5	80%	90%	100%										
5.5	73%	82%	91%	100%									
6	67%	75%	83%	92%	100%								
6.5	62%	69%	77%	85%	92%	100%							
7	57%	64%	71%	79%	86%	92%	100%						
7.5	53%	60%	67%	73%	80%	87%	93%	100%					
8	50%	56%	63%	69%	75%	81%	88%	94%	100%				
8.5	47%	53%	59%	65%	71%	76%	82%	88%	94%	100%			
9	44%	50%	56%	61%	67%	72%	78%	83%	89%	95%	100%		
10	40%	45%	50%	55%	60%	65%	70%	75%	80%	85%	90%	95%	100%

잠자리에 머문 시간

었던 시간을 선택하고, '총 수면 시간' 항목에서 내가 실제로 잔 시간을 선택해 만나는 지점이 바로 나의 꿀잠 수치다.

니의 꿀잠 수치가 85~90퍼센트 정도라면, 좋은 수면을 유지하고 있다고 볼 수 있다. 물론 그 구간 내에 있는데도 수면이 불만족스럽다면, 수면전문가를 찾아가서 검사를 받아보는 것이 좋다. 만약 나의 꿀잠 수치가 90퍼센트를 넘는다면, 그것은 현재 충분하게 잠을 자고 있지 않음을 의미할 수 있다. 꿀잠 수치가 97, 98퍼센트인 분을 간혹 보는데, 이런 경우 대부분은 머리가 베개에 닿자마자 잠을 잔다. 눕자마자 잠에 너무 빨리 드는 것은 수면 욕구가 너무 높아져 있기 때문이다. 마치 굶었다가 폭식하는 것과 같다. 잠드는 데 시간이 오래 걸리지 않더라도, 레드썬이 너무 빨리 된다면 역으로 수면이 부족할 수도 있으니 혹시 잠을 보충할 필요가 있지는 않은지 확인해야 한다(대부분의 사람들은 잠드는 데 15~30분 정도가 걸린다). '잠을 잔다는 것은 범죄를 저지르는 것과 마찬가지의 시간 낭비이며, 예전 조상들이 동굴에 살 때나 하는 행동이었다'라고 주장하며 4시간 이상 자는 것을 죄악시 했던 토머스 에디슨도 틈만 나면 낮잠을 잤다고 한다.

마지막으로 나의 꿀잠 수치가 85퍼센트 미만이라면, 현재 똑똑하지 못한 수면을 취하고 있는 것이다. 침대에 누워 있는 시간은 길지만, 잠을 자는 시간은 그에 비해 상대적으로 적다는 의미이기 때문이다. 다른 말로, 오랫동안 깬 상태로 침대에서 뒤척이는 시간이 많다는 것이다.

잠을 고양이처럼 대해주기

똑똑한 수면을 취하는 방법의 첫걸음은 내게 잠이 얼마나 필요한지 파악하는 것이다. 밤에 반드시 7~8시간은 자야 한다는 경직된 생각을 가진 사람들이 있는데, 꼭 그렇지 않다. 사람마다 얼굴이 다르게 생겼듯이, 필요한 수면의 양도 다르다. 어떤 사람은 유전자 로또를 맞아서 적게 자도 멀쩡하다. 캘리포니아 주립대학교 잉휘푸Ying Hui Fu 교수 팀이 발견한 'DEC2'와 'ADRB1' 유전자를 가진 사람은 평균 6시간만 자도 멀쩡하다고 한다. 그렇지만 이런 사람은 극히 드물다. 예전에 수면 클리닉에 내원했던 한 환자는 10시간 이하로 자면 일상생활이 불가능했다. 이처럼 사람마다 필요한 수면의 양은 다르며, 어떤 사람은 잠이 많고 어떤 사람은 잠이 적다. 평균을 내보면 7~8시간 정도에 수렴하지만, 나에게 적절한 수면의 양이 정확히 어느 정도인지 스스로 아는 것이 중요하다. 어쩔 수 없는 이유로 잠이 부족해졌을 때 어느 정도를 보충해야 하는지도 알 수 있기 때문이다.

내게 필요한 수면의 양을 알 수 있는 가장 좋은 잣대는 '낮 동안 졸지 않는지'다. 드라마를 보며, 대중교통 안에서, 회의를 하며 시도 때도 없이 존다면, 지금보다 잠이 더 필요하다는 신호다. 반대로 낮에 활동하는 데 지장이 없다면, 충분히 자고 있음을 의미한다. 충분히 자고 있지만 낮에 졸리면 폐쇄성 수면무호흡증과 같은 타 수면장애가 의심되니 검사를 받아보는 것이 좋다.

현재 꿀잠 수치가 85퍼센트 미만이라면, 침대에 누워 있는 시간을 줄여야 한다. 내가 실제로 잠을 자는 시간에 30분만 더해서 침대에 누워 있는 것이 좋다. 예를 들어, 현재 침대에는 10시간 누워 있지만 실제로 6시간만 자고 있다면, 10시간 누워 있지 말고 6시간 반만 누워 있으면 된다. 침대에 누워 있는 시간을 제한할 때에는 최소한 1주일 동안 같은 시간에 기상하는 것이 좋다. 며칠만 실천하고 나면, 잠도 훨씬 빨리 오고 밤중에 깨는 시간도 줄어들 것이다.

앞에서 소개한 내담자 B씨는 하루에 누워 있는 시간이 무려 14시간이었는데 그중 실제로 자는 시간은 6시간뿐이었다. 수면 효율성이 42퍼센트 밖에 되지 않았던 것이다. B씨의 수면 효율을 높이기 위해 나는 B씨에게 침대에 누워 있는 시간을 7시간으로 줄일 것을 권했다. 아침에 아이 등원 준비해야 하는 시간인 7시 기상을 기점으로 밤 12시에서 아침 7시 사이에만 침대에 누워 있으라고 한 것이다. 그런 지침을 성실히 따른 B씨는 바로 수면 효율성이 90퍼센트대로 증가했다. 침대에 누워 있는 시간 대비, 잠을 훨씬 더 많이 자게 된 것이다.

이렇게 침대에 누워 있는 시간을 성공적으로 줄이고 난 후 꿀잠 수치를 계산하면, 많이 개선된 것을 눈으로 확인할 수 있다. 노력 끝에 수면 효율이 85퍼센트를 넘겼는데도 낮에 여전히 졸리고 피곤하다면 침대에 누워 있는 시간을 매주 30분씩 서서히 늘려, 낮에 편안하게 활동하면서도 꿀잠 수치를 85퍼센트로 유지할 수 있는 상태가 될 때 멈추면 된다.

만약 내가 잠을 5시간 이하로 잔다면, 침대에 누워 있는 시간을 더 이상 줄일 필요는 없다. 잠을 잘 기회를 너무 적게 주면, 운전이나 육아와 같은 활동을 할 때 위험할 수 있기 때문이다. 5시간 이하로 자는데도 잠이 안 오고 침대에서 뒤척이는 시간이 많다면 몸과 마음이 너무 긴장하고 있다는 신호다. 육아 스트레스가 너무 심한 것은 아닌지 생각해보고, 피곤한데도 잠이 오지 않는다면 이완할 수 있는 새로운 기술을 배우는 것이 좋다(11장에서 이완 요법을 소개한다).

우리는 어떤 문제가 생기면 해결을 해야 한다고 배워왔다. 그래서 잠이 안 오고 불면증 증상을 경험하면, 그것을 해결하기 위해 침대에 더 오래 누워 있기로 결정한다. 그래야 잠들 확률이 높아질 테니까. 직관적으로는 적절해 보인다. 그러나 책상에 오래 앉아 있는다고 공부를 더 잘하는 것이 아니듯, 침대에 더 오래 누워 있는다고 잠을 더 잘 자는 것은 아니다. 안타깝게도 '잠'은 노력할수록 별로 해결이 되지 않는 영역 중 하나다. 잠은 고양이처럼 다뤄야 한다. 옆에 두되 신경은 쓰지 않고, 애쓰지 않고 놓아줄수록 잠은 더 잘 오게 되어 있다.

행복 파이 한 조각

평생 저녁형 인간으로 살아온 나였지만
모성애를 발휘해서 일찍 잠자리에 누웠다.

하지만 나의 노력이 무색하게
새벽에 자다가 깨버리거나

괜히 침대에 누워 핸드폰을 보다가
아침을 맞이하기도 했다.

그러던 어느 날,
불면증 박사님께 받은 한 통의 이메일.

2주 동안 수면 일지에
누워 있는 시간, 그중 실제로 잔 시간,
그에 따른 컨디션 등을 기록해보니

어제는 4시간
잤고…
컨디션은 꽝…

숙제…

엄마
뭐해?

나는 하루 6-7시간정도 자면
좋은 컨디션을 유지할 수 있는
사람이었다.

겨우 6시간?

10시간은 자야
피로가 풀릴 줄
알았는데…

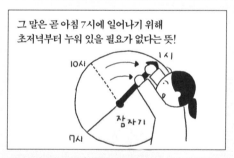

그 말은 곧 아침 7시에 일어나기 위해
초저녁부터 누워 있을 필요가 없다는 뜻!

10시   1시

잠자기

7시

덕분에 다시 죄책감 없이
저녁형 인간으로 돌아올 수 있었고,

하준이
책 읽어
주려고~

엄마 왜
안 누워?

괜히 누웠다가
잠들지
말아야지.

혼자만의 시간을 뒤로 하고
자야 할 타이밍도 알게 되었다.

잠자리에 드는 시간이 늦어진 만큼
잠드는 데 걸리는 시간도,
새벽에 자다가 깨는 횟수도
점차 줄어들었다.

피곤에 대처하는 방법도 달라졌다.

어쩌면 나에게 필요한 잠의 양을 아는 것은
나만의 행복 파이를 한 조각
더 갖게 되는 것 아닐까?

10

♦

잠만 자는 침대 만들기

~~~~~~~~~~~~~~~~~~~~~~~~~~~~~~~

"교수님, 제가 소파에서 드라마 보면서 졸다가 자려고 침대에 들어가면 갑자기 정신이 말똥말똥해지고 잠이 전혀 안 와요!"

불면증 환자들의 단골 멘트다. 졸린 것 같아 침대에 누우면 갑자기 방 안의 시계바늘 소리에 예민해지고, 이불이 답답하게 느껴지고, 바깥의 소음이 유독 잘 들린다고.

많은 사람들이 간과하는 부분이지만, 잠도 배워야 든다. '배운다'라고 하면 보통 배움의 현장에 앉아서 선생님에게 무언가 정보와 지식을 전달받는 것이라고만 국한해서 생각하지만 심리학에서는 이 개념을 조금 더 폭넓게 사용한다. 우리는 태어나는 순간부터 주변 환경과 상호작용을 하며 새로운 정보나 행동을 획득한다. 이렇게 세상을 살면서 알아가는 모든 것을 심리학은 '학습'이라 부른다.

학습은 많은 습관을 초래한다. 즉 어떤 상황에서 특정 행동이 반복되면 그 행동과 환경에 대한 연관성을 '배워서' 똑같은 상황을 다시 경험할 때 특정 행동을 반복하도록 유도한다. 영화관에 갈 때마다 부모가 팝콘을 사줘서 이제는 영화관 가는 길에 버터 맛이 나는 팝콘을 상상해 미리 침이 고이고, 없으면 허전한 느낌이 드는 것은 뇌에서 영화관과 팝콘의 연관성이 '학습'됐기 때문이다. 잠도 마찬가지다. 신생아 때부터 아이가 졸리면 부모는 아이를 침대에 반복해서 눕힌다. 아이는 자연스럽게 침대에 누우면 자는 것을 연상하고, 눈꺼풀이 무거워진다. 어린 시절부터 '잠'이라는 자연스러운 생리적 현상을 '침대'에서 취한다고 배우는 것이다. 그래서 우리의 뇌는 '침대'와 '잠'은 함께 손잡고 가는 파트너라고 인식한다.

잠을 못 자기 시작하면 이야기가 달라진다. 스트레스를 받는 시기에는 침대에 누워도 쉽게 잠이 오지 않는다. 특히 하루 종일 바쁘게 아이를 돌보다 보면 항상 시간이 부족하다. 그래서 침대에 누웠을 때 이런저런 잡념에 빠지기 쉽고, 몸은 누워 있으나 잠잠했던 머릿속엔 여러 고민과 생각들로 가득 차게 된다.

'기저귀 작아져서 더 큰 사이즈의 기저귀 사야 하는데 아까 잊어버렸네.'

'우리 아이가 소심한 것 같은데 어린이집에 가서 다른 아이들과 잘 어울려서 놀 수 있을까? 나도 예전에 아이들과 잘 못 어울리고 혼자 놀아서 우리 엄마가 많이 걱정했는데, 우리 애가 나 닮았으면 어떻게 하지?'

'복직을 하긴 해야 하는데, 아이를 두고 회사 다녀도 괜찮을까?'

과거를 후회하고 해야 할 일을 점검하느라 마음속 걱정이 꼬리에 꼬리를 물어 침대에서 잡념에 빠지는 일이 반복되면, 뇌는 더 이상 침대를 자는 곳으로 인식하지 않는다. 이제 침대를 '자는 곳'이 아니라 '온갖 생각에 빠지는 곳'으로 인식하게 된다. 더불어 침대에서 잠 이외에 다른 행위(스마트폰 보기, 전화통화 하기, 게임하기 등)들을 하면, 뇌는 더 혼란에 빠지게 된다.

잠을 다시 배우는 법

치료했던 내담자 중에 육아 스트레스를 '빵 터지게 하는' 유튜브 영상을 보며 푸는 분이 있었다. 영상을 보는 것까지는 괜찮으나 문제는 '침대에 누워서' 본다는 데 있었다. 물론 피곤해서 보다가 잠들기도 했지만, 어떤 날에는 침대에 누워 몇 시간씩 보기도 했고 막상 자려고 할 때엔 잠드는 데까지 최소 한 시간 반이 걸렸다. 수면 독립을 시켜서 아이를 재우는 과정에서 졸거나 깜빡 잠들기도 했지만 정작 본인의 침대에 누우면 잠드는 데까지 오래 걸린다고 호소했다. 신기하게도 휴가를 가거나 친정에 가서 잠자리가 바뀌면 오히려 쉽게 잠들 수 있다고 했다. 상황을 보니 본인의 침대와 잠과의 연관성이 약해져 있다는 신호가 분명했다. 이럴 때 나는 잠을 '다시 배워야 한다'고 말해준다. 잠을 다시 학습한다는 것은 뇌에게 '침대는 자는 곳'이라는 사실을 다시 인식시켜줘야 한다는 의미다.

잠을 다시 배우려면 침대를 자는 것과 부부 관계하는 것 외에는 다른 용도로 사용하지 않아야 한다. 침대에 누워 깨어 있는 시간이 길면 길수록 침대와 잠과의 연관성은 약해질 수밖에 없다.

잠을 다시 배우기 위한 첫 단계는 '졸림'과 '피곤함'을 구분하는 것이다. 대부분의 불면증 환자는 '피로감'을 잘 느끼기 때문에 졸릴 때나 피곤할 때나 침대에 기어들어가는 것을 좋아한다. 졸림은 재미없는 텔레비전 프로그램을 보거나 의무 교육이나 연수를 받을 때 같은 지루한 상황에서 눈꺼풀이 무거워지고 내 의지와는 상관없이 고개가 떨궈지는 생리적인 현상이다. 침대에 머리를 대면 바로 잘 수 있는 상태가 '졸림'이다. 반면 '피곤함'은 체력적으로 에너지는 고갈되었지만 스트레스가 높고 잡다한 생각들이 머리를 가득 채워서 정신은 말똥말똥한 상태다. 그래서 침대에 누워 자려고 해도 머리는 복잡하고, 눈은 감고 있으나 잠은 안 오고, 주변이 신경 쓰이고, 누워있는 자세가 불편하게 느껴지고, 괜히 냉장고 소리가 크게 들린다. 수면학자들은 이 상태를 '과다각성' 상태라고도 한다.

졸림과 피곤함을 구분할 수 있다면, 졸릴 때만 침대에 들어가고 피곤할 때에는 침대에 들어가지 말고 졸림이 다시 수면 위로 떠오를 수 있도록 편안하고 마음을 안정시켜주는 활동을 하는 것이 좋다. 내가 원하는 취침 시간에 맞춰 잠들 수 있도록 수면을 예열하는 것이다. 사람들은 대개 집중을 요구하는 활동을 하다가 취침 시간이 돼서 바로 누우면 잠을 잘 수 있다고 착각한다. 그렇지만 잠은 스위치처럼 마음대로 켰다 껐다 할 수 있는 것이 아니다. 물을 끓이기 위해서 냄비를 예열할 시간이 필요한 것처럼, 수면 또한 잠을 청하기 위한 과도기적인 상태를 만들어주어야 더 깊고 달콤한 잠을 잘 수 있다. 나는 약간 강박적인 구석이 있어서 뭔가 신경을 쓰거나 집중하는 일이 있으면 끝장을 봐야 하는 버릇이 있다. 해야 할 일이 남아 있는데 다 하지 못하고 잠자리에 누우면 찜

찜해서 자기 직전까지 그 일에 대해 생각하는 것은 물론이고 꿈에서도 그 일을 하고 있으니 얼마나 피곤한 성격인지 짐작할 수 있을 것이다. 그래서 마음 쓰는 관계에서 갈등이 있거나 중요한 일을 앞두고는 '수면을 예열하는 시간'을 더욱 길게 가지려고 노력하며, 꽤 오랫동안 실천해보니 스트레스 받는 일 때문에 잠을 설치는 횟수가 훨씬 줄어들었다.

수면 예열하기

수면을 예열할 때에는 본인에게 맞는 편안한 활동을 찾는 것이 중요한데 애쓰지 않는 활동, 목표가 없는 행위를 하는 편이 좋다. 개인차가 있겠지만 따뜻한 차 마시기, 편안한 음악 듣기, 단편 소설이나 잡지 읽기 같은 다양한 활동들이 있다 (긴 소설이나 너무 재미있는 영상은 피하는 것이 좋은데, 그 이유는 야행성이라면 너무 빠져들기 쉬워서 계속 늦게 잘 가능성이 높기 때문이다).

자기 전에 휴대폰을 해야 긴장이 풀린다면 침대가 아닌 다른 공간에서 하되, 한 시간은 넘지 않게 알람을 맞춰두는 것이 좋다. 침대 머리맡에 휴대폰을 두고 자다가 확인하는 습관도 웬만하면 고치기를 권하는데, 우리 뇌가 또다시 침대를 자는 곳이 아닌 휴대폰 보는 곳으로 인식할 가능성이 높아서다. 편안한 활동을 하다 졸림을 느끼면, 침대로 들어가면 된다.

졸릴 때 침대에 들어가 바로 잠에 빠지면 좋으련만, 오랫동안 뇌가 침대를 자는 곳으로 인식하지 않았다면 잠드는 데까지 시간이 걸릴 수 있다. 만약 30분이 지났는데도 잠들지 못하고 계속 뒤척이고 있다면, 침대에서 나오는 것이 좋다. 침대 옆에 안락한 의자를 두거나 소파처럼 편안한 곳으로 가서 다시 마음을 안온하게 하는 활동을 하다가 졸음이 쏟아질 때 침대로 돌아오면 된다. 어떤 밤에는 여러 번 침대에서 나와야 할 때도 있을 것이다. 힘들겠지만 지금은 침대와 잠을 다시 서로에게 소개해주고 앞으로 좋은 관계를 맺도록 도와주는 시간이라고 생각해보자.

심리학 연구에 의하면 습관을 형성하는 데 66일이 걸린다고 한다. 그래서 침대에서 잠자기와 부부 관계 외에는 다른 행위를 하지 않도록 습관화하면, 보통 한 달이 지나면 수면이 조금씩 달라진다는 것을 느끼고 두 달이 지나면 휴대폰을 침대에서 보지 않는 것이 더 이상 허전하게 느껴지지 않을 것이다.

한 가지 유의해야 할 것이 있다. 우리는 특히 심적으로 피로할 때 의지가 약해진다. 그래서 여러 가지 이유로 긴장한 날, 육아가 유난히 힘들었던 날에는 예전의 나쁜 습관으로 되돌아가려는 경향이 있을 것이다. 그럴수록 특히 스스로를 돌보는 시간을 의도적으로 가져, 내 소중한 잠을 지켜보자.

중요한 의식

아이들과 하루를 보내고 잠자리에 들면
미처 다 하지 못한 낮의 생각들이 따라온다.

그럴 때면 어지러운 생각들만
따로 모아서

침대 밖에 두고 오고 싶다.

내가 시도한 방법은 핸드폰을 침실 밖에 두고 자기.

처음 며칠은 가슴이 콱 막힌듯 초조한 금단 현상.

**그 시기가 지나니 잠이 안 와도
눈 감고 기다릴 수 있게 되었으나**

일 없이 침대에 누워 있는 게 낯설었다.

**도저히 잠이 안 오는 날엔
거실에 잠시 나와 인터넷을 한다.**

화가 나서 도무지 잠 못 이룬 어느 밤엔
책상에 앉아 일기를 쓰다가 답을 찾기도 했다.

그러고는 다시
거실에 핸드폰을 두고

넌 여기
있으렴.

안방에 들어가 이불을 덮고
중요한 의식을 치르듯이
마음을 기울여 잠을 청한다.

후우-

잠자는 시간에 잠을 위한 장소에서
오롯이 잠만 자는 일.
당연한 건데 호사스럽다.

번외편

19금 수면 이야기

~~~~~~~~~~~~~~~~~~~

어느 날 한국임상심리학회 산하 '성치료연구회' 회장으로 계시던 채규만 교수께서 내게 연락을 하셨다. 후임 회장을 맡아 달라는 용건이었다. "그런데요, 교수님. 저는 수면 연구자라서 성에 대해서는 아는 것이 없어요." 교수님은 성이나 수면이나 둘 다 침대에서 하는 것인데 크게 다르지 않다는 농담과 함께 내게 중책을 안기셨다.

농담 같았던 교수님의 말씀이 농담만은 아니었다. 출산 후에는 더욱 그렇다. 출산 후 아이를 돌보고 육아에 전념하느라 부부 관계가 예전만 못하다고 말하는 부부가 꽤 많다. 가장 큰 요인은 엄마의 피로다.

"너무 피곤해서 평생 부부 관계 안 해도 아무렇지도 않을 것 같아요."

"남편이 부부 관계 하자고 신호를 보내면, 다섯 시간 후에 일어나야 한다는 생각밖에 안 해요. 그 다섯 시간 동안 잠만 자고 싶지 부부 관계 하는데 시간을 낭비하고 싶지 않아요."

"애한테 온통 관심과 신경이 쏠려 있어서 남편한테 줄에너지가 없어요."

한국은 아직까지도 아이와 동침하는 코슬리핑 문화가 남아 있다. 주변에 물어보니 아이가 초등학교 고학년인데도 같이 자는 분이 많았다. 또 아빠가 코를 골거나 늦게 잔다는 이유로 안방에서 쫓겨나 아이들과 엄마는 한 침대에서 자고, 아빠는 다른 방에서 자는 경우도 심심치 않게 봤다. 이러면 결국 부부 관계를 하기 더 힘들어진다. 여기에다 출산으로 몸이 변해 배우자가 더 이상 자신을 매력적으로 보지 않을 것 같은 불안 등 다양한 이유로 부부 관계는 점점 줄어든다.

사람들은 잠자는 행위를 지극히 개인적인 일이라고 생각하지만 수면은 생각보다 다른 사람, 특히 동침자의 영향을 많이 받는다. 배우자랑 크게 싸우고 같은 침대에서 잠을 자려고 했던 경험을 떠올리면 무슨 말인지 이해할 수 있을 것이다. 분통이 터지는데도 옆에 누워서 자야 하니 당연히 잠이 안 올 것이고, 심하게 다툰 경우라면 누군가는 침대가 아닌 다른 곳(소파)에 가서 잠을 청하느라 수면의 질이 떨어지게 된다. 그래서 피츠버그 대학교의 유명한 수면학자 웬디 트록셀Wendy Troxel 교수는 "같이 잠들고 깨는 것은 가장 친밀한 행동 중 하나로 서로 충분히 안전하다고 느끼며 안정되어야 함께 수면에 필요한 정신 상태에 도달하여 잠들 수 있다"고 말했다. 수면은 그런 의미에서 가장 근본적인 애착 행동이다.

결혼 만족도가 높은 부부나 커플일수록 서로 비슷한 수면 패턴을 보인다. 비슷한 시간대에 잠들고 깨며 서로 수면에 대한 호흡을 맞추게 되는 것이다. 그리고 함께 잠을 잘 자는 부부일수록 관계에 대한 만족도도 높고 갈등도 적다는 연구 결과들이 꾸준히 나오고 있다.

이 책은 아이를 잘 재우는 방법을 알려주는 책이기 전에, 엄마의 잠과 삶을 조명한 책이다. 성욕도 엄마의 중요한 욕구 중 하나인데 아이를 키우느라 피곤해서 아이 외에는 배우자와 더 이상 대화의 공통 주제가 없고 섹스리스 부부로 지낸 지 오래됐다면, 이 책에 나온 수면 교육을 시행해 하루 빨리 아이들을 수면 독립시키기 바란다. 아기 낳기 전처럼 다시 배우자와 뜨겁고 친밀한 시간을 보내기 위해서!

이층 침대

신혼

첫째가 태어남.

이듬해 둘째가 태어나고

이후로 7년 동안…

11

◆

너무 긴장돼서 잠을 잘 수 없어요

～～～～～～

잠을 못 자기 시작하면 우리는 직관적으로 '잠을 못 자는 문제를 해결하기 위해 노력해야 한다'고 생각한다. 수면에 좋다는 정보들을 검색하고, 평소보다 더 일찍 잠자리에 들며, 수면에 방해될까 봐 일부러 밤에 하는 사회 활동을 줄여나간다. 그렇게 수면에 관한 '집착'은 점점 내 인생에서 지분을 넓혀 나간다. 그렇지만 안타깝게도 수면은 노력해서 해결할 수 있는 종류의 것이 아니다. 오히려 노력하면 할수록 더 멀리 달아난다.

나를 찾은 한 불면증 환자는 그동안 즐겨 만나던 친구들을 더 이상 만나지 않고, 퇴근하자마자 밤 6시부터 잘 준비를 했다. 이를 닦고, 포근한 수면 바지를 입고, 은은한 라벤더 향이 방안 가득 퍼지게 향초를 피운다고 했다. 그리고 그는 지루해 잠이 들 때까지 법전 읽기를 시도했지만 밤 시간이 다가올수록 점점 불안해지기만 하고 "잠을 잘 모든 조건을 완벽하게 갖추었는데도 왜 잠이 오지 않는지 모르겠다"며 짜증을 냈다. 수면에 좋다는 이불이나 베개, 잠옷 같은 아이템을 다 갖췄지만 그는 수면에 가장 중요한 요소를 간과하고 있었다.

수면은 육체적 및 정신적 이완의 정점이기 때문에 마음이 편안해야 잠을 잘 수 있다. 긴장을 하고 스트레스에 압도된다면 우리는 잠을 잘 수 없는 상태가 된다. 그 이유는 우리 조상에게서 물려받은 습성 때문이다. 예를 들어 갑자기 맹수를 만났다고 생각해보자. 생존하기 위해서는 부지런히 정신을 챙기고 도망쳐야 한다. 밤이 되었다고 한가하게 잠이나 잔다면 분명히 우리의 생명은 위험해질 것이다. 이렇게 인간은 생명을 보존하기 위해 위험한 상황에서는 잠을 자지 않도록 만들어졌다.

　다행히도 우리의 조상과 달리 맹수의 공격이나 전쟁과 같은 끔찍한 일들의 위협에서는 많이 자유로워졌지만, 현대 사회에서 위협은 다른 탈을 쓰고 우리를 괴롭힌다. 두려운 시험, 직장에서의 승진 경쟁, 부부 싸움, 새롭게 부모가 되는 일 등 다양하다. 특히 처음 부모가 되었다면, 육체적으로 힘든 육아에 더해 스스로 내가 좋은 부모인지를 평가하는 일도 스트레스로 작용한다. 최선을 다하고 있는데도 아이는 아이라서 울고, 떼쓰고, 마음대로 안 되면 드러누워 뒹군다. 참지 못하고 욱하고 소리를 지른 날에는 밤에 자려고 누우면 부모 자격이 없는 것 같고 후회가 밀려온다. 어느 날에는 내 가장 숨기고 싶고 못나서 외면하고 싶은 부분을 아이가 닮아간다는 생각이 마음을 흔든다. 우리 뇌는 이런 여러 스트레스를 응급 상황이라고 인지한다. 그래서 '살기 위해 자면 안돼!'라는 메시지를 보내며, 우리의 수면을 방해한다.

불면증은 밤에만 괴로운 병이 아니다

불면증은 잠을 못 자는 병이라, 오로지 밤에만 문제가 있는 병이라고 오해하는 경우가 많다. 프라이부르크 대학교의 디터 리먼Dieter Riemann 교수가 고안한 '과다각성 이론hyperarousal theory'에 따르면 불면증은 '만성적인 긴장 상태'를 의미한다. 과다각성 이론은 불면증 환자가 잠을 잘 자는 사람에 비해 낮이고 밤이고 항상 긴장을 하고 있다고 주장한다. 신체적으로는 심장이 더 빨리 뛰고, 긴장될 때 나오는 뇌파를 더 많이 내뿜는 것과 같은 여러 신호들을 통해 확인할 수 있다. 만성적 긴장 상태와 관련된 몸의 신호들은 낮과 밤을 가리지 않고 나타나기 때문에 불면증은 '밤에 괴로운 병'이라기보다는 24시간 긴장 상태를 늦추지 않아서 생기는 병으로 이해하는 것이 맞다. 만성적인 긴장 상태는 몸의 신호뿐 아니라 우리의 생각에서도 나타날 수 있다. 자려고 누웠는데 멈출 수 없는 잡념들로 가득 차 잠을 이룰 수 없는 것을 '인지적 과다각성'이라고 한다. 미국의 시인 빌리 콜린스Billy Collins는 그가 쓴 시 〈불면증Insomnia〉에서 인지적 과다각성 상태를 정확하게 묘사

했다.

"세상의 모든 양을 세고, 부족해서 모든 야생 동물들, 달팽이, 낙타, 종달새를 모두 센 다음에 나라별로 동물원과 수족관을 세게 된다. 내 머리 안에 자리 잡은 이는 세발자전거에서 낡은 초록색 카펫 위에 좁은 동그라미를 반복해서 그리며 내리기를 거부한다."

노력하지 않기로 노력하기

불면증이 '만성적인 긴장 상태'에 의한 병이기에, 잠을 잘 자기 위한 가장 중요한 요소는 '이완'이다. 이완은 다른 심리 기술과 비슷하게 습득하는 데 시간과 노력이 필요하다. 평소 긴장감이 심하다면 피아노를 배우는 마음으로 이완 기술을 배워야 한다. 초보가 단숨에 조성진과 같은 거장이 될 수 없듯이, 쉽게 이완하지 못하는 것에 너무 스트레스를 받을 필요가 없다. 무엇보다 매일 연습하는 것이 중요하다. 마음챙김 명상 치료를 개발한 존 카밧진Jon Kabat-Zinn 교수는 스트레스 관리에 대해 "비행기에서 뛰어내릴 때 낙하산을 제조하려고 하면 너무 늦다. 낙하산은 매일 조금씩 만들어나가야 한다"라는 명언을 남겼다. 수면 문제가 당장 없더라도 평소에 이완을 충분히 연습해야 스트레스 받는 일이 생겼을 때 효과적으로 이완을 활용할 수 있다. 단, 이완을 연습하는 목적이 '잠을 자는 것'이어서는 안 된다. 잠을 자기 위해 이완을 연습하면, 앞서 소개했던 자기 위해 법전을 읽었던 내담자처럼 시간이 지날수록 오히려 더 불안해질 수 있다.

그렇다면 이완은 대체 어떻게 하는 걸까? 요즘 유튜브에서 유행하는 '불멍' 시리즈 영상들처럼 불을 바라보며 아무 생각 없이 가만히 멍 때리는 경험을 해본 적이 있는가? 언제 마지막으로 아무것도 하지 않아도 편안했는지 생각해보자. 지금 하는 일 다음에 무엇을 해야 하는지 생각하지 않은 채, 현재에 머물러 있던 적이 언제인가? 존 카밧진이 말한 '마음챙김의 7가지 자세' 중 이완 상태를 가장 잘 표현하는 것이 바로 '애쓰지 않음non-striving'이다. 일상을 사는 우리가 하는 거의 모든 행위에는 무엇을 얻거나 어디를 가는 등 목표가 있고, 목적이 있다. 존 카밧진은 애쓰지 않음은 무엇이 되려고 애쓰기보다 그냥 당신다워지는 것, 더 적게 행위하고 더 많이 존재하는 것이라고 말한다. 따라서 이완은 잠을 위해서도, 그 무엇을 위해서도 애쓰지 않는 상태다.

내 주변 사람 중 가장 잠을 잘 자는 사람을 떠올려보자. 그 사람은 잠을 잘 자기 위해 어떤 노력을 하는가? 이 질문에 어느 정도 해답이 있을 것이다. 베개에 머리를 대자마자 잘 자는 사람은 잠을 자기 위해 아무런 노력을 하지 않는다는 답이 떠오를 것이기 때문이다.

아래 QR 코드로 소개하는 이완 요법을 활용해 평소에 긴장을 푸는 연습을 해보자.

호흡법   점진적 근육 이완 요법

바닷가 심상

엄마 자격

육아서만 따라 하면
육아가 쉬울 줄 알았다.

으아아앙

잠들 때까지
계속 안아주면
안 돼?
눕히니까 깨잖아.

이상하다.
책에서는
몇 번만 하면
잔다던데.

남편은 내가 책을 그만 봐야 한다고 했지만
나는 그럴 자신이 없었다.

아무것도 모르는데
애를 어떻게 키워?

하지만 모범답안 같은 육아 지식이 쌓일수록
나와 내 아이는 오답이 되었고

어떡해…

그동안
훈육 잘못했어…

비교와 불안은 더 큰 불안을 낳았다.

내가
애들을 망치면
어떡하지?

나는 엄마 자격이 없나보다 하고 좌절했을 때
도저히 따라할 수 없는 육아 책들을 버렸다.

정작 나를 지탱해주는 것은
육아 기술이 아니라
믿음이었다.

뚝!

응애

응애

응애

응애

나를 향해 웃어 보이는
아이의 그 확실한 사랑을 믿고

이미 충분히 잘하고 있다고 말해주는
남편의 응원을 믿고

육아
너무 어려워.
어떻게
해야 할지
모르겠어.

잘하고
있어.
그건 내가
알아.

잘하든 못하든
내가 엄마라는 변하지 않는 사실 위에서
불안을 묻고 내일을 향해 나아간다.

나는
좋은 엄마도
나쁜 엄마도 아닌
그냥 엄마…

12

♦

자기 전에 잠에 대해 생각해요

~~~~~~~~~~~~~~~~~~~~~~~

잠을 잘 자는 사람은 잠에 대해 별로 생각하지 않는다. 잘 자는 사람에게 밤에 누우면 자는 일은 지극히 자연스럽고 자동적인 행위며, 생각 없이 이루어진다. 오로지 잠을 잘 못 자는 사람만 '나는 왜 잠을 못 자는 걸까?', '오늘은 잠을 잘 잘 수 있을까?'와 같은 근심들에 지배받는다. 잠에 대한 고민 때문에 '밤'은 휴식을 취하는 편안한 시간이 아닌 피하고 싶은 끔찍한 시간으로 인지된다.

  잠을 못 자면 잠에 대한 생각과 태도는 변한다. 그리고 이런 생각들은 점점 내 일상생활에 침입해서 행동에 영향을 미치고, 또다시 수면을 방해한다. 잠을 잘 못 자고 있다면, 내가 수면에 대해 왜곡된 생각을 하고 있지는 않은지 점검해볼 필요가 있다. 많은 경우 우리가 평소에 하는 생각을 사실이라고 믿어버리곤 하는데, 그런 생각이 실제로는 잘못되었거나 근거가 없을 때도 있다. 특히 잠을 못 잘 때 떠오르는 나쁜 생각을 사실인 것처럼 받아들여 더 불안해 잠을 못 이루기도 한다.

몇 년 전 상담한 분은 회사의 임원이었는데 '오늘 밤 못 자면 내일 회사에서 큰 실수를 할 거야'라는 생각으로 밤만 되면 심장이 두근거리고, 불안에 압도되어 불면증에 시달리다 나를 찾아왔다. 처음에는 회사의 기대에 비해 실적이 미치지 못한다는 생각에 위기감을 느껴 잠을 못 자기 시작했다. 잠을 못 자면 다음 날 회사에서 큰 실수를 하고, 그 때문에 쫓겨날 것만 같은 괴로운 심정으로 침대에 누웠다. 그렇게 불면 증상이 여러 날 이어지며, 밤만 되면 심장이 두근거리고 가슴이 꽉 막힌 느낌을 받았다. 불면은 점점 만성화되었고, 밤새

눈은 감고 있었지만 한숨도 못 잔 것 같은 느낌으로 일어나는 날이 늘었다. 이런 날은 꼭 회사 일을 망쳐버린 것처럼 좌절감에 시달렸고, 집중을 할 수 없었다. 점점 친구도 만나지 않고 회식도 피하며 일부러 잠을 더 잘 자보려고 일찍 귀가했다. 올라오는 불안감을 무시한 채 침대에 더 일찍 들어가서 자려고 했지만, 노력할수록 점점 불안해졌다. 이처럼 회사에서의 실적이 부족한 이유를 모두 불면증 때문이라고 생각하면서 그는 밤마다 시험을 치는 자의 자세로 잠을 대하기 시작했다.

잠을 못 자는 이유에 대한 잘못된 생각은 크게 네 가지로 분류할 수 있다. 첫째는 **잘못된 귀인**으로 잠을 못 자는 이유가 '내 탓'이라고 왜곡해서 생각하는 것이다. 둘째는 **확대해석**으로 불면증으로 인해 인생에서의 통제력을 상실했다고 인지하는 것이다. 셋째는 **파국적인 예상**으로 잠을 못 자는 일의 결과를 극단적이고 파국적으로 예측하는 것이다. 마지막은 잠을 못 자는 문제를 해결하기 위해 생각한 **잘못된 해결책**들인데, 이런 해결책들이 오히려 수면을 방해하기 때문에 교정해야 한다.

1. 잠을 못 자는 이유에 대한 비합리적인 생각

잘못된 생각 잠을 못 자는 이유는 내가 너무 예민해서 그래.

이렇게 생각해보자 불면증은 타고난 성격만으로 생기지 않는다. '예민해서 못 잔다'고 생각을 하면 마치 타고난 기질로 인해 불면증 앞에서 손쓸 방법 없이 무력한 존재처럼 느껴져, 상황을 더 악화시킬 수 있다. 조금 더 민감하기 때문에 무딘 사람보다는 스트레스를 받으면 잠을 못 잘 확률은 높지만, 스트레스를 관리하는 방법을 배우면 충분히 숙면을 취할 수 있다.

2. 불면증에 대한 확대 해석

잘못된 생각 전날 밤에 잠을 잘 자지 못해서 낮에 피곤하고 기력이 없는 거야.

이렇게 생각해보자 수면과 다음 날의 피곤한 정도는 일대일의 관계가 아니다. 낮에 피곤하고 기력이 없거나 기능을 잘 못하는 이유는 수없이 많다. 현재 먹는 약물의 부작용 때문일 수도 있고, 물을 충분히 마시지 않아서, 식습관이 좋지 않아서, 운동을 너무 과도하게 했거나 변비가 있어서, 일이 따분해서 등 수많은 이유가 있다. 불면증으로 인해 인생의 모든 것이 풀리지 않는다는 생각이 들 수는 있으나, 그것이 진실은 아니다.

3. 잠을 못 자는 것에 대한 파국적인 예측

잘못된 생각 오늘 잠을 못 자면 내일 모든 것을 망칠 것이다.

이렇게 생각해보자 잠을 못 자서 다음 날 기능이나 수행을 심각하게 망칠 것 같다고 생각하는 사람들이 많다. 특히 일정이 없는 날보다 일정이 있는 날 더 심하게 나타날 수 있다.

우리의 생각은 '항상', '절대', '모든'과 같은 강한 언어를 사용할 때 흑백논리의 오류에 빠져 격한 감정을 유발시킨다. 그러나 생각해보면 잠을 못 자도 다음 날 꽤 기능을 잘한 날들을 기억할 수 있을 것이다. 우리의 몸과 뇌는 힘든 상황을 위해 평소에 자원을 비축해놓기 때문에, 잠을 좀 못 잤다고 갑자기 기능이 확 떨어지지 않는다. 오히려 잠을 쫓아가야 한다고 생각하면 잠은 달아나버릴 테니, 잠과 밀당을 잘하는 것이 중요하다.

4. 잠을 못 자는 것을 해결하기 위한 잘못된 해결책들

잘못된 생각 침대에 오래 누워 있으면 언젠가는 잠이 올 거야.

이렇게 생각해보자 수면의 질이 수면의 양보다 더 중요하다. 아마도 지하철이나 버스에서 잠깐 졸았다가 일어났는데 개운했던 경험도 있을 것이고, 늘어지게 늦잠을 잤는데도 일어났는데 몸이 두들겨 맞은 것처럼 더 피곤한 경험도 해보았을 것이다. 침대에서 너무 오래 시간을 보내면, 생체리듬이 교란되어 불면증이 심해질 수 있다.

걱정과 불안은
잠시 덮어두고,
이제 그만 푹 자기로 해요.

.

아이의 잠

13

♦

세 살 수면 버릇, 여든까지 간다

～～～～～～～～～～～

"우리 애는 두 돌이 다 되어가는데 태어나서 통잠을 자본 적이 없어요."

"엄마가 없으면 몇 시간이고 울면서 잠을 안 자요."

"안아줘야만 자고, 누워서는 절대로 안 자요."

"애 재우는 게 가장 큰 스트레스에요."

"애가 자기 방에서 혼자 자는 걸 무서워해서, 온 식구가 다 같이 안방에서 자요."

아이가 잠을 잘 못 자서 불면증이 생겼다는 엄마들에게서 흔하게 듣는 말들이다. 아이 때문에 잠을 못 자는 엄마들은 하나같이 피곤하고 우울해 보였고, 아이의 수면 문제를 해결할 방법을 몰라서 절망감을 느낀다고 입을 모았다. 그중 특별히 다크 써클이 주욱 늘어진 한 엄마는 아이가 두 돌이 넘었는데도 세 시간 이상 통잠을 잔 적이 없어서 해볼 수 있는 모든 것을 다 해보고, 돈도 수십 만 원 써봤지만 도움이 안돼서 결국 아이 재우는 문제로 남편과 매일 밤 싸우며 이혼 위기에 처해 있다고 했다. 수면에 대한 기본 지식과 원리를 약간만 알고 있었어도 고생을 덜 했을 텐데 싶어 안타까웠다(그분의 사례는 이 책을 쓰기로 결심하는 데 큰 계기로 작용했다).

내 아이에게 수면 문제가 있는지 파악하기 위해서는 아이의 발달단계에 맞는 수면을 알아야 한다. 아이의 수면 문제는 어른의 수면 문제와 많이 다르며 아이가 성장하면서 자주 그리고 많은 변화를 동반한다. 그런 변화들에 관심을 가지고 아이가 특정 발달 과업을 완수해야 하는 시기가 왔을 때, 적절하고 유연하게 기회를 제공해야 한다. 우선 첫 일 년에(그리고 주로 생후 6개월 전후로) 아이가 이룩해야 할 수면 발달 과업은 두 가지로 첫 번째는 '통잠 자기sleeping through the night'이며, 두 번째는 '자기 진정self-soothing'이다.

통잠 자기는 태어나고 나서 낮밤 없이 자다가 결국 밤에 통으로 잠을 자게 되는 것을 의미한다. 보통 생후 10~12주 이후에 통잠을 잘 수 있는 능력이 생기고, 낮밤 구분도 하며 밤에 조금씩 더 오래 자기 시작한다. "백일의 기적"이라는 말이 괜히 생긴 것이 아니다.

두 번째인 **자기 진정**은 부모의 개입이나 도움 없이 잠들고, 밤에 깨더라도 스스로 진정한 뒤 다시 잠드는 것을 의미한다. 자기 진정 능력을 키워주려면 아이가 깨어 있을 때 침대에 눕혀 혼자 자는 법을 익히도록 도와야 한다. 자기 진정 능력을 습득하지 못한 아이는 젖을 물리거나 안아주지 않으면 잠들 수 없고, 밤중에 깨서도 부모가 토닥토닥해주지 않으면 다시 잠들지 못한다. 연구에 의하면 생후 3개월에 형성되는 수면 습관이 생후 6개월을 넘어 생후 12개월까지 지속되는 것으로 나타났다. 따라서 생후 3개월에 아이가 젖을 먹으며 잠드는 습관이 형성됐다면, 부모는 돌이 될 때까지 험난한 밤을 보낼 가능성이 높다.

또한 내 아이의 발달단계에 맞는 수면의 양을 대략이라도 아는 것이 중요하다. 물론 잠이 적은 아이가 있는가 하면, 잠이 많은 아이도 있다. 그렇지만 내 아이가 잠자는 시간이 발달단계에 따라 필요한 수면의 양에 한참 못 미친다면 혹시 아이에게 잠이 부족한 것은 아닌지 점검해야 한다. 아침에 깨우기 힘들고, 하루 종일 떼를 쓰며 짜증내고, 주의가 산만하며, 아침밥을 잘 먹지 못한다면 잠이 부족하다는 신호다. 또한 어린이집이나 유치원, 학교를 다니는 아이라면 낮 동안 활동하면서 집중을 잘 못하는 모습을 보일 수 있다. 뿐만 아니라 또래 친구들과 어울리는 일에 관심 없이 계속 하품을 하거나 식사 시간과 놀이 시간에(낮잠 시간 이외에도) 존다면 잠을 더 재워야 한다.

발달단계에 따라 필요한 수면의 양

- 신생아(0~2개월): 12~18시간

- 영아기(3~11개월): 14~15시간

- 유아기(1~3세): 12~14시간

- 학령 전기(3~5세): 11~13시간

- 학령기(6~11세): 10~11시간

- 청소년기(12~18세): 8.5~9.5시간

아이에게 수면 문제가 있다고 생각하는 엄마의 비율은 아기가 돌 때 45퍼센트였다가 두 살이 될 때는 급격하게 감소하여 15퍼센트가 된다. 분명 두 돌이 되면 수면 문제가 자연스레 좋아지는 아이도 있다. 그렇지만 두 돌 때 아이에게 수면 문제가 있다고 보고한 15퍼센트는 학령기까지 거의 변동 없이 지속된다. 이런 수면 문제는 엄마의 산후 (그리고 육아) 우울증을 유발하고 아이의 인지 및 정서 발달을 지연시키며 엄마와 아이의 애착을 저해한다. 그렇기 때문에 아이의 수면에 문제가 있다면 두 돌 이전에 해결하는 편이 낫다(물론, 두 돌이 넘어도 수면 교육이 가능하다). 이때 수면의 원리를 몇 가지만 알고 있어도 아이를 재우는 일이 훨씬 수월해질 수 있다. 예를 들어 1부에서 잠을 잘 자려면 깨어 있는 시간이 충분히 길어서 수면 압력이 높아야 한다고 소개했다. 그 원리에 따라 아이가 저녁 늦게 낮잠을 오래 잔다면 당연히 밤에 잠을 안 자고 제발 자자고 애원하는 부모를 무시한 채 에너지를 발산할 것이다(아이 수면에 도움이 되는 수면 원리는 이어지는 장에서 하나씩 소개할 예정이다).

수면 팁

수면 문제 체크리스트:
우리 아이에게 수면 문제가 있는지 점검하기

〜〜〜〜〜〜〜〜〜〜〜

◯ 안아주거나 젖을 (혹은 젖병을) 물리지 않으면 잠을 못 잔다.

◯ "목말라요", "책 한 권만 더 읽고" 등과 같이 자러 가는 것에 저항하거나 회피하는 행동을 하며 자는 시간을 계속 뒤로 미루려고 한다.

◯ 아이를 재우는 데 오랜 시간이 걸린다.

◯ 아이가 밤이 되는 것, 껌껌한 방, 자는 것을 두려워한다.

◯ 부모의 개입 없이는 혼자서 잠을 못 잔다(특히 생후 8개월 이후).

◯ 잠드는 데까지 20분 이상 걸린다.

◯ 침대에 들어가서 계속 방 밖으로 나오며 부모를 찾는다.

◯ 밤중에 자주 깨서 부모의 개입 없이 다시 잠들지 못한다.

○ 아이가 자기 방에서 잠들긴 하지만 밤중에 일어나 부모 침대로 와서 잔다.

○ 아이가 너무 늦게 자고, 낮에는 산만하거나 쉽게 졸려 하고 짜증을 잘 낸다.

잠자는 천사

출산 4일째, 산부인과 퇴원 날.

퇴원 축하해!

고마워♡

아기와 함께

속싸개는 어떻게 싸냐면요…

집에 왔다.

여기가 우리 집이야.

어서 오렴~

친정엄마

잠든 아기를 침대에 눕히니

조심 조심

그제야 새 식구가 태어났다는 게 실감 났다.

그 뒤 이어진 하루는
땀과 눈물과 끝없는 기저귀로
얼룩진 시간이었지만

그날을 생각하면 곤히 잠든
아이 얼굴이 가장 먼저
떠오른다.

잠자는 아기의 얼굴에는
신비한 힘이 있는 걸까?

14

♦

내 아이의 수면 성격

아이마다 생긴 모습이 다르듯이, 아이의 수면 성격도 각기 다르다. 그래서 어떤 아이의 수면 문제를 기적적으로 해결해준 방법이나 아이템이 내 아이에게는 도움이 안 될 수도 있다. 아이마다 필요한 수면의 양, 아이를 진정시키는 방법, 낮밤 선호 여부 등이 다르고, 기질적으로 잘 자는 아이가 있는가 하면 조금 더 까다로운 아이도 있다. 따라서 부모가 아이의 수면을 다양한 측면에서 관찰해보고, 아이에게 최적화된 수면 시간, 수면의 양, 자기 전에 마음을 편안하게 해주는 방법 등을 파악해야 한다.

유명한 아동 심리학자인 보스턴 어린이병원의 주디스 오웬스Judith Owens와 필라델피아 어린이병원의 조디 민델Jodi Mindell은 내 아이의 '수면 성격'을 파악해보라고 권장한다. 다음과 같은 다양한 관점에서 내 아이의 수면 성격을 알아보자. 또한 우리 아이의 수면 성격에 적합한 수면 전략을 생각해보자.

1. 아이에게 필요한 수면의 양 파악하기

아이가 다음 날 기분 좋게 활동하기 위해서는 몇 시간을 자야 하는가? 다음 날 컨디션이 특별히 좋았을 때 몇 시간을 잤는지 생각해본다. 깨우지 않고 아침에 자연스럽게 일어난다는 것은 충분히 잤다는 좋은 신호다. 예를 들어 어린이집이나 유치원에 가야 해서 혹은 다른 일정이 있어서 강제로 깨우지 않고 3일 연속으로 스스로 일어났을 때, 아이가 몇 시간 잤는지 계산해보자.

2. 아이가 보내는 피곤한 신호 알아차리기

아이마다 졸릴 때 보내는 신호가 다르다. 그리고 말을 못하는 아이는 피곤함을 몸으로 표현할 수 있다. 우리 아이만의 '졸리다', '피곤하다'의 신호는 무엇인가? 아이들이 피곤할 때 짜증을 내거나 감정 기복이 심해지거나 쉽게 화를 내기도 한다. 한 가지 주의해야 할 점은 아이가 피곤할 때 하는 행동과 어른이 피곤할 때 하는 행동은 다르다는 것이다. 어른은 피곤하면 누워 있거나 멍 때리지만, 어떤 아이는 피곤하면 평소보다 더 활동적으로 뛰어다니고 에너지를 양껏 내뿜을 수 있다. 이런 행동을 보고 아이가 피곤하지 않다고 착각하고 안 재우면 오히려 과하게 피곤해져서 쉽게 잠들지 못할 수 있다(성인의 경우 며칠 밤을 새고 너무 피곤해져서 침대에 누웠는데도 쉽게 잠을 이루지 못한 경험이 있을 것이다. 그와 비슷하다고 생각하면 된다).

3. 수면 부족에 예민한 아이인지 파악하기

잠이 좀 부족해도 잘 견디는 아이가 있는가 하면 좀 더 예민하게 반응하는 아이가 있다(이것도 역시, 밤을 잘 새고 다음 날

끄떡없는 성인이 있는가 하면, 조금만 적게 자도 힘든 사람이 있는 것과 마찬가지다).

4. 아이의 일주기 선호도 파악하기

아이가 선호하는 취침 시간과 기상 시간은 언제인가? 아침형 혹은 저녁형 선호도는 유전적으로 결정이 되는 부분이 많다. 그래서 부모가 저녁형이면 아이도 늦게 자고 늦게 일어나는 유전자를 타고났을 가능성이 있다. 그렇다고 아이를 일부러 늦게 재울 필요는 없지만 아이가 자연스럽게 선호하는 시간대가 있다면 기억해두는 것이 좋다.

5. 아이의 흥분 성향 파악하기

아이가 자기 전에 흥분을 가라앉히는 데 시간이 얼마나 걸리는가? 이는 기질적으로 타고나는 부분인데, 어떤 아이는 신나는 일이 있으면 한동안 그 여운 때문에 잠을 자기 전까지 예열 시간이 더 오래 걸린다(이것은 성인도 마찬가지로 개인차가 크다). 그렇기 때문에 특별히 잘 흥분하는 아이라면, 취침 준비를 좀 더 일찍 시작하고 진정하는 데 더 많은 공을 들여야 한다. 예를 들어 조명을 낮추고 차분한 이야기책을 읽어주거나, 자장가를 조용히 트는 것처럼 자는 분위기를 조성을 해줘서 아이 마음이 편안해지도록 도와주는 것이 좋다. 반면에 아이가 특별히 잘 흥분하지도 않고 예열 시간이 짧아도 잘 잠든다면, 굳이 준비 시간을 오래 가질 필요가 없다.

6. 잠에 대한 불안이 있는지 확인하기

취침 시간 전에 아이의 마음을 편하게 해주고 아이가 안전한 공간에 있다고 느끼게 해주는 활동이나 물건은 무엇인가? 상상력이 풍부한 아이는 특히 두려움을 더 잘 느낄 수 있으므로 아이의 마음을 편하게 하는 물건이나 활동을 같이 찾아보는 것이 좋다. 악몽에 시달린다며 상담을 받으러 온 한 아동은, 자기 전에 악몽에 나온 무서운 장면을 그려보고 미리 불안을 이야기해보며 발산하는 시간을 가졌더니 악몽 꾸는 일이 많이 줄었다.

7. 아이가 밤중에 깨면 다시 잠들기까지 얼마나 어려운지 확인
   하기

아이가 자다가 깨는 것은 자연스러운 일이지만, 다시 잠드는
데까지 오래 걸리고 안아주거나 젖을 먹이는 등 부모의 개입
없이 다시 잠들지 못하면 자기 진정 기술을 아직 잘 습득하
지 않았다는 신호이기 때문에 적절한 수면 교육이 필요하다.

　　아이의 수면 성격을 분석하는 데는 특별한 이유가 있다.
아이를 키우다 보면 엄마들에게 몹쓸 병이 하나 생기는데, 그
것은 바로 '비교병'이다. 특히 잠을 잘 잔다고 자랑하는 (얄미
운) 엄마를 보면 '우리 아이는 왜 잘 못 자는지' 비교하며 우
울해질 수 있다. 그런데 아이는 저마다 다르고, 본인만의 속
도로 크고 있으며, 자기만의 수면 세계를 만드는 중이다. 꿈
나라로 가는 길은 아이마다 다르기 때문에 언젠가 도달할 목
적지에 좀 늦게 간다고 너무 조급해하지 말자. 결국 본인만의
페이스대로 목적지에 무사히 도착할 것이다.

서로 다른 잠

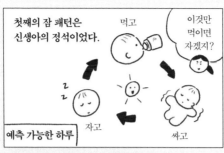

초등학생이 된 지금도 둘은 참 다르다.
일찍 잠들고 일찍 일어나는 첫째.

밤이면 밤마다 잠이 안 오고
아침이면 늘 더 자고 싶은 둘째.

한 집에서 나고 자란 아이들도
자는 방식이 이토록 다르니

다른 행성 출신인 남편과 내가
서로의 잠을 이해할 수
없는 것도 당연하겠지.

15

◆

아이는 언제 밤낮을 구분하게 될까

~~~~~~~~

내가 첫 아이를 출산할 때쯤엔 이미 수면을 공부하고 연구한 지 10년이 다 되어가던 무렵이었다. 수면에 대한 '검증된' 정보를 '많이' 알고 있음에도 아기를 재우는 것은 역시 책에서 배운 것과 많이 다르다는 사실을 몸소 체험하게 되었다. 수면 지식으로 먹고 살아도 신생아 때 우왕좌왕하고 당황하며 자책하기란 마찬가지였다.

신생아는 평균적으로 24시간 중 14.5시간(약 9~18시간)을 자는 데 쓴다. 우리 둘째 아이 같은 미숙아라면 더 오래 자기도 한다. 첫 한 달은 아무 때나 자고 깨서 특히나 아이의 수면 패턴을 예측하기 어렵다. 2개월이 지나면 보통 밤에 12~13시간 자고, 낮잠을 3~4시간 잔다. 이 시기에 대부분의 부모가 '우리 아이가 잠을 잘 못 잔다'라고 생각하는 이유는 부모의 기대와 발달학적으로 적절한 수면 행동 사이의 간극이 커서다. 자주 깨는 아기를 계속 돌보다 보면 아기가 밤에 깨지 않고 자길 바라고 기대할 수 있다. 어쩌다 병원에서 데려오자마자 통잠 잔다는 기특한 아이의 사연을 접하기라도 하면, 우리 아이가 너무 못 자는 것이 아닌가 생각할 수도 있다. 그렇지만 발달학적으로 이 시기의 아이가 그렇게 통잠을 자는 경우는 거의 없다. 특히 4개월 이전의 신생아 시기에는 아이마다 수면 편차가 너무 크기 때문에 미국수면학회나 미국소아과학회에서도 이 시기 아이에 관한 수면 지침을 별도로 제공하지 않는다.

어른의 수면은 비-렘 수면 1~4단계와 렘 수면, 즉 5단계로 나뉘지만 아기의 수면은 활동 수면active sleep과 비활동 수면quiet sleep으로 구분된다. 어른이 되면 활동 수면은 렘 수면

이 되는데, 활동 수면 단계에서는 몸을 움찔하거나 웃거나 빨거나 소리 내거나 자주 몸을 움직인다. 아이가 자는 것을 관찰하다가 이런 움직임이 발견되면 부모는 아이가 잠을 푹 못 잔다고 생각할 수 있지만, 지극히 자연스러운 수면의 과정이니 안심해도 된다. 물론 이때 아이가 계속 자지러지게 울고 안아줘도 쉽게 진정이 되지 않으면 다른 의학적인 문제가 있는 것은 아닌지 살펴봐야 한다. 복통이나 역류성 식도염, 분유나 모유 알레르기 때문일 수 있으니 이런 경우 꼭 진료를 받아보기를 권한다.

백일의 기적에 관한 과학적인 근거

출생 후, 아이가 여물어가고 부모는 점점 잠을 잃어가는 시기에 간절히 기다려지는 것이 백일의 기적이다. 실제로 이맘때 아이들이 통잠을 자기 시작하고, 낮과 밤을 구분하는 기적이 일어난다. 우리 몸의 생체리듬은 모두 뇌의 시상하부에서 관장하는데, 밤낮을 구분하는 능력은 시상하부 아래에 있는 시교차상핵suprachiasmatic nucleus이 주관한다. 시교차상핵은 우리 몸의 '마스터 시계'라고도 불리는데 아이가 태내에 있을 때부터 밤낮을 구분할 수 있는 능력의 기본 재료를 준비해 놓는다. 그리고 아이가 태어난 후에는 신경 세포와 호르몬(특히 코르티솔과 멜라토닌)에 의해 기본 재료들이 서서히 조립되면서 밤낮을 구분할 수 있는 생체리듬이 생긴다.

밤낮을 구분하는 능력은 어느 날 갑자기 생기는 것이 아니라, 아이의 몸이 성장하면서 단계별로 형성된다.

처음에는 일정하던 아이의 기초 체온에 변화가 생긴다. 아기는 평균 37도 정도의 기초 체온을 유지하는데, 성장할수록 잠들고 나서 떨어지는 체온의 폭이 점점 깊어진다. '기초 체온이 더 큰 폭으로 떨어진다'는 것은 더 깊은 잠을 취할 능력이 생긴다는 것을 의미한다. 어른도 몸의 기초 체온이 최저점에 도달할 때 가장 깊이 잔다(보통 기상 시간의 약 3시간 전이다). 연구에 의하면 아기는 10주 전후로 기초 체온이 최저점으로 떨어지며 더 깊은 수면을 취할 수 있게 된다.

다음 단계로 아이에게 깨어 있는 시간을 유지하는 능력이 생긴다. 이때 아이는 특정 시간에 깨어 있는 연습을 하며 주위를 두리번거리기도 하고 눈 맞춤이 늘기도 한다. 아이에게 낮 동안 밝은 햇볕을 쬐게 하고 말도 걸어주고 자주 놀아주고 더 많이 말을 걸어주는 것이 낮 동안 특정 시간에 깨어 있도록 유도할 수 있으며, 빨리 밤낮을 구분하는 것을 촉진할 수 있다.

마지막 단계에 이르러 아이 몸에서는 수면을 유도하는 호르몬인 멜라토닌의 분비가 증가하게 된다. 아기는 생후 약 6주까지는 멜라토닌을 거의 분비하지 않는다(10pg/ml 이하). 그렇지만 그 이후부터 6개월까지 급격하게 증가하며, 생후 6개월이 되면 어른의 멜라토닌 분비량과 비슷해진다(약 110pg/ml 이상). 멜라토닌 분비량이 어른과 비슷해진다고 어른처럼 즉각적으로 통잠을 자는 것은 아니다. 아이들은 낮에 활동이 늘더라도 밤에는 잠을 자주 깰 수 있다. 낮을 먼저 인식한 뒤 그 다음으로 서서히 어두움을 익히고 밤에 자는 것을 배우기 때문이다. 따라서 왜 우리 아이는 낮에 오래 깨어 있는데도 밤에 잠을 안 자는지 너무 고민하지 말자.

아이 몸에 이런 여러 단계들이 순차적으로 진행되는 동

안, 부모는 밤에 기저귀를 갈고 졸면서 밤 수유를 하고 낮엔 몸에 카페인을 부으며 하루하루 버틴다. 그렇지만 수면 부족으로 인해 힘들고 백일의 기적을 기다리면서도 잊지 말자. 아이의 몸은 열심히 일하며 수많은 작은 변화를 통해 성장하고 있음을. 지금 아이는 낮과 밤을 구분하는, 인생에서 가장 중요한 첫 학습을 하고 있다는 것을.

수면 팁

백일의 기적을 조금 더 빨리 맛보고 싶다면

~~~~~~~~~~~~~~

백일의 기적은 아이에 따라 나타나는 시기가 다르니까 조급해하지 마세요. 혹시 백일의 기적을 조금 더 빨리 맛보고 싶다면 낮에는 커튼을 열어 아이가 햇빛을 충분히 받을 수 있게 해주세요. 그리고 아이와 더 많은 교감을 나누고 눈을 맞추고 대화해주세요. 단, 밤에는 깨더라도 놀아주거나 방에 불을 켜는 일은 하지 않은 편이 좋아요.

계획

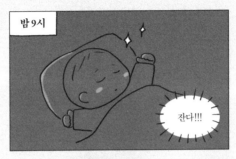

누워서 인터넷을 좀 하다가

자야겠다!!!

…라는 건
내 계획일 뿐이다.

으앙!

으앙!

으앙!

엄칫.

아이를 재우고 나면
자꾸 잊어버린다.
아이의 밤은
아직 짧다는 것을.

으앙!

으앙!

16

♦

부모는 아이의 애착인형이 되지 말아야 한다

～～～～～～～～～～～～～

"아이가 돌이 넘었는데 아직도 밤 수유를 해요. 얼마 전까지는 깨도 달래주면 바로 잠들었는데, 요새는 새벽에 깼을 때다시 잠이 안 들고 하도 안 달래져서 분유를 줬더니 그제야아침까지 자더라고요."

소아의 수면 문제 중 가장 흔한 문제가 부모의 개입 없이잠들지 못하거나 밤중에 깨서 다시 자지 못하는 것이다. 이런 아이를 다시 재우기 위해 부모는 대개 아이를 잠들 때까지 안고 있거나, 업고 있거나, 먹인다. 심지어 한밤중에 아이를 유아차에 태워서 동네 한 바퀴를 도는 부모도 있고, 새벽에 차에 태워 재우는 경우도 봤다. 그저 빨리 아이를 재우고 싶은 마음에 시작한 이런 행동들은, 결국 아이의 수면 문제를 키우게 된다. 아이가 특정 사람이나 조건이 존재하지 않으면 잠들 수 없음을 배우게 되는 것이다.

아이는 태어날 때부터 세상을 학습한다. 여기서 '학습'은 1부에서 다룬 것처럼 책을 보고 공부한다는 뜻이 아니라 성장하고 생존하기 위해 세상을 배운다는 의미다. 젖을 먹을 시간에 엄마 냄새가 나면 입맛을 다시기도 하고, 엄마 얼굴이 보이면 안아주는 줄 알고 방긋 웃기도 한다. 심리학 이론 중 '고전적 조건화' 원리는 이런 학습을 적절하게 설명해준다. 고전적 조건화는 러시아 생리학자 파블로프가 고안한 이론이라 '파블로프의 개 실험'으로 널리 알려져 있다. 어느 날, 파블로프는 개들에게 늘 밥을 주는 조교가 (밥을 들고 있지 않은 채) 방 안에 나타나기만 해도 개들이 침을 흘리는 것을 목격한다. 이를 흥미롭게 여긴 그는 이후 개들에게 밥을 줄 때 종을 함께 울려보았다. 얼마 지나지 않아 개들은 (밥 없이) 종만

울려도 침을 흘리기 시작했다. 개들은 '종'이 울리면 '밥'이 함께 일어나는 일이라는 것을 학습하게 된 것이다.

자, 그러면 고전적 조건화가 잠과 무슨 관련이 있을까? 우리는 태어나는 순간부터 '잠'과 연관되는 조건들을 배운다. 침대라는 공간일 수도 있고, 공갈 젖꼭지나 애착인형 같은 물건일 수도 있으며, 젖 먹기나 안아주기 같은 행위나 엄마와 같은 특정 사람일 수 있다. 이러한 특정 조건들을 수면 전문용어로 **수면 연합**sleep associations이라고 한다. 아기는 '잠을 자려면 ~한 것들이 있어야 하고, ~는 옆에 꼭 있어야 하며, ~한 상황이 돼야 나는 (다시) 잠들 수 있어'라고 배우는 것이다. 수면 연합은 긍정적일 수도 있고, 부정적일 수도 있다. 긍정적 수면 연합은 아이가 스스로 잠을 잘 수 있게 만드는 조건이다. 애착인형이나 애착 이불, 자기 손을 빠는 행위 등 아이 혼자 잠들도록 돕는 것들이 모두 긍정적 수면 연합이다. 긍정적 수면 연합은 밤에 잠들 때에도, 한밤중에 다시 깨더라도 아이가 스스로 잠들 수 있게 도와준다. 보통 아기들은 3~6개월 사이에 자기 진정 기술을 익히고, 긍정적 수면 연합을 조건화

하는 것이 가능해진다.

　반면 부정적 수면 연합은 다른 사람(대부분 부모)의 개입이 있어야만 잠들 수 있는 것을 의미한다. 부모가 아이를 안거나 업어서 재우거나 학령기 아이라도 부모가 옆에 누워 있지 않으면 혼자서 잠들지 못하는 것도 여기에 포함된다. 또한 자기 침대가 아닌 다른 곳에서 재워서(예를 들어 유아차, 차, 부모의 침대) 옮기는 것도 부정적 수면 연합이다. 아이는 '잠'과 부모의 개입 혹은 부모님이 제공하는 특정 상황(안아주기, 유아차)을 연합하는 것이다.

부정적 수면 연합이 생기는 이유

부정적 수면 연합이 생기는 주된 이유는 아기가 자기 진정 기술을 습득할 수 있는 월령이 됐는데도 부모가 아기의 울음소리를 참지 못하고 바로 개입하기 때문이다. 그러면 아기는 자기 진정 기술을 배울 기회를 얻지 못하고, 결국 '잠을 잘 때 부모 없이는 잠을 자지 못한다'는 것만 익힌다. 모빌이나 쪽쪽이도 상황에 따라 긍정적 수면 연합이 아닐 수 있다. 만약 아기가 모빌과 수면 연합을 하게 된다면, 밤중에 깼을 때 부모는 그 모빌을 틀어주기 위해 같이 일어나야 한다. 쪽쪽이도 짖을 먹이는 것보다는 편할 수 있지만, 운동 신경이 아직 발달하지 않은 아기가 쪽쪽이가 떨어져 자다 깨서 울면 부모는 쪽쪽이를 다시 물려주기 위해 일어나야 한다.

예전에 상담한 어떤 엄마는 신생아 때부터 아이가 하도 울어서 잘 때 팔베개를 해주었다고 했다. 두 살이 넘은 이 아이는 여전히 엄마의 팔베개 없이는 잠을 잘 수 없었다. 엄마는 아기에게 팔을 내주고 밤을 뺏겼으며 심각한 불면증에 시달리고 있었다. 밤에 영화도 혼자 보고 싶고 친구들도 만나고 싶었지만 아기가 태어나고 나서 한 번도 그래 본 적이 없다고 우울하게 이야기했다. 아기의 애착인형이 되어버린 엄마는 밤에는 꼼짝없이 시간을 쓸 수 없어 마치 투명한 족쇄라도 차고 있는 듯 보였다.

부모가 아이의 잠 때문에 고생하느냐, 안 하느냐는 꽤 초기부터 결정된다. 아이가 자기 진정 기술을 습득할 수 있을 때부터 부모는 아이의 애착인형이 되지 말아야 한다. 즉, 부정적 수면 연합을 만들어주지 않아야 한다. 태어나자마자 아이를 울리라는 것은 아니다. 3~6개월이 되면 아이에게 자기 진정 기술을 배울 기회를 서서히 제공해야 한다는 것이다. 아이가 졸릴 때 침대에 눕혀서 스스로 자도록 하는 습관을 길러주고, 잠은 아기 침대에서 혼자 자는 것이라는 것을 알게 하며, 조금 울어도 바로 달려가지 말고 아이 스스로 진정할 기회를 주는 것이 중요하다.

물론 아이 울음소리만큼 엄마에게 괴로운 것은 없다. 아무리 피곤해도 번쩍 정신이 들게 하고 침대에서 스프링처럼 바로 일어나게 하는 소리다. 그렇지만 아이를 한번 믿어보자. 아이는 6개월 전후로 스스로 잠들 수 있는 능력을 갖춘다. 부모가 바로 달려가지 않는다면, 울다가 혼자 눈을 비비거나 고사리 같은 손으로 얼굴을 만지작거리며, 때론 옹알이를 하며 내면의 평온함을 느끼기 위해 다방면으로 노력할 것이다. 이런 행동을 하는 아이는, 생애 첫 수업 중이다. 그리고 이런 수업을 제공하는 선생님은 부모다.

수면 팁

아이 울음소리가 심상치 않을 때

~~~~~~~~~~~~~~~~~~~~~

아이가 운다고 무조건 무시하는 것은 위험할 수 있다. 아이가 밤중에 깨는 이유는 다양하며, 다음과 같은 문제들을 함께 겪고 있다면 다음 장에 소개할 개입법들을 시도하는 동시에 문제 해결에 나서야 한다.

1. 이가 나고 있다: 자면서 키도 크지만, 이도 자란다. 아기는 이가 날 때, 밤중에 특히 더 아플 수 있다. 만약 발달단계상, 이가 나는 시기이고 아이가 통증을 느끼고 있는 것 같다면 완화할 수 있는 방법을 시행해볼 수 있다. 소아과 전문의에게 도움이 될 만한 방법들을 추천 받는 것이 좋다.
2. 역류: 아이의 소화기는 계속 여물어가고 있기 때문에 모유

나 분유를 먹고 게워내는 일들이 (특히 생후 초기에) 많이 발생할 수 있다. 아기의 25퍼센트는 이런 역류 문제를 경험하며 대부분 성장하면서 자연스럽게 해결된다.

3. 음식 알레르기: 보통 6개월이 지나면 이유식을 시작한다. 새로운 음식 중 아기와 잘 안 맞거나 소화기가 아직 발달이 덜 되어 잘 소화하지 못하는 음식을 먹었을 때에는 아기가 배가 아파서 자다가 여러 번 깰 수 있다.

4. 아토피와 같은 피부병: 아토피 같은 피부병이 있으면 간지러워서 깰 수도 있다. 만약 아토피가 있거나 피부가 민감한 아기라면 수면에 방해되지 않게 병원 진료를 받도록 하자.

5. 다른 문제들: 중이염, 감기, 기저귀 발진 같은 일시적인 문제로도 아이는 밤중에 자주 깰 수 있다. 그 밖에도 천식, 만성 통증, 뇌전증, 1형 당뇨병 같은 질병들 또한 수면을 방해한다. 이런 질환을 진단받았다면 전문의와 상의해 적절한 치료를 받아야 한다.

노는 건 침대에서

잠은 엄마 배 위에서.

17

♦

수면 교육은 성장의 첫 단추다

〜〜〜〜〜〜〜〜〜〜〜〜〜〜

당신이 매일 캔 커피를 뽑아 먹는 자판기가 있다고 생각해보자. 지폐 천 원을 넣으면 그 자판기는 당신에게 충실히 캔 커피를 제공해준다. 그러다가 어느 날 갑자기 지폐를 넣었는데도 캔 커피가 나오지 않는다. 아마 처음에는 자판기의 버튼을 모두 눌러 보기도 하고 돈을 더 넣어 볼 것이다. 그렇지만 아무 일도 일어나지 않는다. '기계가 고장 났나?'라고 생각하며 집에 돌아간다. 다음 날 자판기에 돈을 넣었는데 이번에도 캔 커피가 나오지 않는다. 이번에는 정말 화가 나서 자판기를 흔들고 걷어찬다. 아무 일도 일어나지 않는다. 결국 그 이후부터는 자판기를 보더라도 무시하고 지나간다.

아이에게 수면 교육을 시키는 원리는 위와 비슷하다. 부모가 매일 안아서 재우거나 젖병을 물려 재우던 아이가 있다고 치자. 어느 날부터 부모가 늘 해주던 것을 멈추면 아이는 당연히 그것을 계속 바라고 요구할 것이다(부모를 자판기로, 아이를 재우는 여러 행동을 캔 커피로 비유할 수 있다). 당황한 아이는 갑자기 안 하던 행동을 한다. 평소보다 더 많이 울고, 떼를 쓴다(자판기를 두드리고, 돈을 더 넣는 것과 같다). 그래도 부모가 반응을 해주지 않자 아이는 수위를 더 높여서 소리를 지르고, 오래 울고, 심하면 울다가 토하기까지 한다(자판기를 흔들고 걷어차는 것과 같다). 그렇지만 며칠 반복하면, 아이는 아무리 울고 소리를 질러도 부모가 예전처럼 안아주고 젖을 물려 재우지 않는다는 것을 깨닫는다. 비로소 혼자 자는 방법을 배우게 된 것이다(자판기를 보더라도 무시하고 지나가듯, 울지 않게 된다).

이처럼 아이가 원하는 반응을 해주지 않아 새로운 행동을 학습하게 하는 원리를 '소거extinction'라고 한다. 수면전문가들이 지칭하는 '수면 교육'은 소거법을 활용하는 것이다.

수면 교육에 관해 인터넷을 검색하거나 책을 읽다 보면 '수면 교육은 태어날 때부터 해야 한다'라는 조언을 심심치 않게 볼 수 있다. 이런 잘못된 정보를 접한 부모는 아이를 신생아 때부터 울리기도 한다. 그러나 신생아 때는 아이에게 필요한 부분을 부모가 최대한 채워주고 반응해줘야 한다. 이 책에서 소개하는 수면 교육은 '반드시' 아이가 자기 진정 기술을 습득할 때인 생후 6개월 전후부터 시작하기를 권한다.

소거를 활용한 세 가지 수면 교육법

소거를 활용한 수면 교육법은 크게 세 가지로 나뉜다. 표준 소거법과 점진적 소거법(이 기법을 처음 소개한 소아과 의사인 리처드 퍼버Richard Ferber의 이름을 따서 퍼버 요법이라고도 알려져 있다), 캠핑법이 그것이다. 표준 소거법이나 점진적 소거법은 아이가 스스로 잠들지 못하고 밤중에 여러 번 깼을 때 수면 문제를 해결하는 수면 교육법으로 미국수면학회에서 권장하는 가장 과학적인 방법이다. 소거법을 활용했을 때 수면 문제를 겪는 아이의 80퍼센트에서 개선 효과를 보였다는 연구 결과도 있다.

1. 표준 소거법

예상 소요 시간 3~5일

방법 표준 소거법은 단기간의 고통을 통해 장기간의 편안함을 얻을 수 있는 방법이다. 밤에 아이가 졸려 하면 침대에 눕히고 부모는 아이가 잠들 때까지 아이 침실에 들어가지 않는다. 만약 아이에게 다른 질환이 있거나 안전의 문제가 있다고 생각하면(예를 들어 침대에서 떨어질 가능성이 있거나 통증이 있어 확인해야 하는 경우) 잠깐 방에 들어가서 확인하는 것은 가능하지만, 아이와 상호작용을 하지 않아야 한다. 처음 며칠은 그동안 부모가 재워준 습관에 익숙해져 있기 때문에 아이의 우는 수위가 높아질 것이다(자판기 예시에서 원하는 결과가 나오지 않았을 때를 생각해보자). 이것을 심리학적 용어로 '소거 격발'이라고 하는데, 어떤 아이는 몇 시간이고 울기도 한다. 더 크게, 더 오래 울면 부모가 와서 안아주고 예전처럼 재워줄 것이라고 기대해서 나오는 행동이다. 이때 우는 것을 견디지 못하고 예전 방식으로 아이를 안거나 젖을 물려 재우면, 다음 번에 수면 교육을 할 때 두 배로 힘들 수 있다. 마치 자판기에서 캔 커피가 나오지 않아 자판기를 발로 찼더니 캔 커피가 나와 버린 것과 같다. 그러면 다음번에는 몇 번이고 자판기를 발로 차지 않겠는가? 보통 3일 밤 정도 지나면 우는 시간과 강도가 줄어든다.

효과 아이는 보통 일주일 이내로 혼자서 잠드는 습관을 형성한다.

주의사항 표준 소거법은 가장 효과가 좋은 방법이지만, 부모들이 아이가 우는 것을 견디지 못해 가장 많이 포기하는 방법이기도 하다(아이 울음소리를 견디는 방법에 관한 팁은 뒤에 실었다). 표준 소거법은 아이를 오랫동안 울려야 하기 때문에 성장 장애나 뇌전증이 있는 아이, 역류가 심한 아이를 둔 부모라면 대안적인 방법을 찾는 편이 낫다. 또한 심각한 불안을 안고 있거나 아동 학대나 방치를 겪어 트라우마에 시달리는 아이라면 완화된 방법을 선택하길 권한다. 표준 소거법을 하다가 아이가 구토를 할 수도 있다. 자주 일어나는 일은 아니지만 아이가 구토를 하면 부모들은 몹시 스트레스를 받을 수밖에 없다. 짧고 굵은 이 방법을 선택했다면, 마음을 단단하게 먹고 만약의 경우를 대비하여 여벌옷과 이불을 미리 준비해두자. 아이가 구토를 하면 옷을 빠르게 갈아입히고, 침구를 갈고, 아이와의 상호작용은 최소한으로 제한한다.

2. 점진적 소거법(퍼버 요법)

예상 소요 시간 2주

방법 아이를 내리 울게 하는 것에 자신이 없다면, 조금 오래 걸리더라도 점진적 소거법을 권한다. 임상에서도 표준 소거법보다는 아이가 조금 덜 울고 부모도 좀 더 쉽게 인내할 수 있는 방법이라 점진적 소거법을 많이 추천한다.

　　아이가 졸려 하면 침대에 눕히고 방을 나온다. 첫 날은 아이가 울더라도 1분에 한 번씩 들어간다. 둘째 날은 그 간격을 2분, 셋째 날은 3분으로 점차 시간을 늘려간다. 시간 간격을 얼마나 점진적으로 늘릴지는 부모가 얼마나 인내할 수 있는지, 아이가 얼마나 힘들어하는지에 따라 다르다. 미리 정해진 시간 간격 전에는 아이 방으로 들어가지 않는 것을 원칙으로 하며 점차 시간 간격을 길게 늘려나간다.

아이가 괜찮은지 확인하러 방으로 들어갈 때에는 오래 있지 않는 것이 중요하다. 아이가 누워 있는 상태로 짧게 토닥거리는 것은 괜찮지만 아이와 오래 상호작용하거나 아이를 안아주지 않는다. 미리 해줄 말을 생각해둔 뒤, 반복해서 아이에게 말해준다. 예를 들어 둘째 아들을 수면 교육시킬 때 나는 "사랑해, 이제 밤이니까 잘 시간이야"라는 말을 반복적으로 했다. 부모가 방 안으로 들어와서 안아주지 않는 것을 보고 아이가 더 크게 울 수도 있지만, 이때 반응하면 우는 시간이 더 지연될 수 있다.

효과 2주 이내로 부모가 아이를 확인하는 시간 간격이 길어지고 아이의 우는 시간이 줄면서 아이는 혼자서 잠드는 습관을 형성한다.

주의사항 표준 소거법과 동일하다. 며칠 하다가 포기하면 다음번에 수면 교육을 할 때 두 배로 고생한다는 점을 기억하자!

3. 캠핑 요법

예상 소요 시간 2주 이상, 장기전을 위해 마음의 준비를 하라.

방법 아이가 졸려 하면 깨어 있는 상태로 침대에 눕힌다. 아이가 잠들 때까지 부모가 방 안에 머무르되 점차 멀리 떨어져서 결국 부모 없이도 잠잘 수 있게 하는 개입법이다. 특히 자기 전에 아이를 안아주거나 수유하거나 토닥거리는 행동에 익숙해진 부모 행동을 중단하도록 도와주는 데 효과적이다. 첫 며칠은 짧은 대화("잘 시간이야", "얼른 자자")를 하는 것은 가능하지만 가급적 3일이 지나면 대화도 자제하는 것이 좋다. 신체적 접촉(안아주기, 쓰다듬기)은 첫날부터 하지 않는다. 침대에 같이 누워서 아이가 잠들 때까지 기다려주면 아이가 부모 없이 잠잘 수 있음을 학습하지 못하기 때문에 부모는 침대에 눕기보다 의자에 앉는 것이 좋다. 3~5일이 지나 아이가 침대에서 혼자 잠드는 것이 가능하다면, 침대 옆 의자를 아이 침대와 점점 멀리 두기 시작한다. 부모의 의자가 보이지 않는 방 밖으로 나가더라도 아이 혼자 잠드는 습관을 익히는 것이 캠핑 요법의 최종 목표다.

주의사항 이 방법은 가장 오래 걸리지만, 아이가 불안이 높거나 부모가 아이의 우는 소리를 잘 참지 못하고 힘들어 한다면 적합하다.

내 아이에게 맞는 수면 교육법 선택하기

앞서 소개한 세 가지 수면 교육법 중 가장 강도가 높은 (그리고 힘든) 방법은 표준 소거법이다. 그 다음이 점진적 소거법, 캠핑법 순이다. 그러나 효과가 나타나는 데까지 걸리는 시간은 역순으로 표준 소거법이 가장 빠르며, 점진적 소거법이 그 다음이고 캠핑법이 가장 오래 걸린다. 따라서 짧고 강렬하게 고통스러울 것인가, 가늘고 길게 교육시킬 것인가를 선택해야 한다.

아이에게 맞는 수면 교육법을 선택하려면 두 가지 요소를 고려해야 한다.

우선 부모가 아이 울음소리를 얼마나 인내할 수 있는지 살펴봐야 한다. 수면 교육을 하기 위해서는 아이가 울 때 반응을 지연시키는 것이 중요하다. 그래서 아이가 우는 것을 참지 못할 것 같으면, 시간이 오래 걸리더라도 강도가 약한 수면 교육법을 선택하는 것이 맞다.

두 번째 고려 요소는 아이의 기질이다. 수면 교육을 했을 때 아이가 격하게 반응할 것 같다면, 조금 더 천천히 적응할 수 있는 방법을 선택하는 것이 좋다. 무엇보다 한번 노선을 선택하면 쭉 유지해야 한다.

첫 수면 교육은 어떻게 할까

수면 교육은 서서히 해야 한다. 처음 시작할 때는 아이를 매일 같은 시간에 잠자리에 눕히고, 규칙적인 수면 의식을 만들어준다. 나는 첫 아이를 재울 때 항상 정해진 시간에 따뜻한 물로 목욕을 시키고, 책을 한 권 읽어주거나 동요 한두 곡을 불러주었다. 수면 의식이 잘 자리 잡으면 수면 교육을 시도해볼 수 있는데, 이때도 너무 갑작스럽게 변화를 주어선 안 된다.

첫 수면 교육은 아이가 잠들 때 시도하는 편이 좋다. 수면 의식 후 성공적으로 혼자 잠드는 것이 가능해지면, 서서히 밤중에 깼을 때도 수면 교육을 적용해서 혼자 다시 잠들 수 있도록 유도한다. 만약 자기 전에 수유를 하는 습관이 있다면, 수면 의식을 시작하기 전으로 수유 시간을 앞당긴다. 아이를 재우는 사람이 여러 명이라면(엄마, 아빠, 조부모, 보모) 모두 동일한 방법으로 재워야 수면 교육이 성공할 수 있다. 만약 아이를 안아서 재우는 습관이 있다면, 안는 시간을 조금씩 줄이며 아이가 졸릴 때 침대에 눕힌다.

신생아 때 부모에게 모든 것을 의존하다가 시간이 지나면서 새로운 것을 하나둘씩 배워나가는 아이의 모습이 너무 기특하다가도, 점점 부모에게서 독립하는 것이 괜히 섭섭해지기도 한다. 잘 컸으면 하는 바람과 조금 더 오래 내 치마폭에서 나를 찾았으면 하는 양가적인 마음이 충돌하는 순간이다. 수면 교육을 주저하게 되는 것도 이런 양가적인 마음 때문은 아닐까. 조금이라도 오래, 불을 끄면 무섭다며 아이가 침대 밑을 확인해달라고 부탁하고, 긴 하루 끝에 침대에서 아이와 함께 뒹굴뒹굴하며 도란도란 이야기를 나누었으면 싶은 마음은 충분히 이해한다. 나도 그랬으니까. 그렇지만 기억하자. 생후 6개월 아이가 혼자 자는 법을 습득하는 일은 '자기 조절'을 시작하기 위한 첫 번째 발달 과업이다. 혼자 잠을 자는 법을 배운 이후 아이는 먹다가 배부르면 스스로 멈추는 일과 배변 훈련 성공 등 세상의 유혹으로부터 자기를 지키고 조절할 수 있는 마음의 근육을 키워간다. 아이가 잘 자라려면, 첫 단추를 잘 꿰어야 한다는 점을 마음에 새기자.

수면 팁

아이 울음소리 인내하기

～～～～～～～～～～～～

어떤 부모는 아이의 울음소리에 더 예민하게 반응하고 아이가 조금만 울어도 파국적으로 해석하며 참지 못한다. 따라서 밤에 아이가 울 때 인내하기로 마음먹었다면 부모가 고통스러울 때 어떤 활동을 할 것인지 미리 정하고 계획하는 것이 좋다. 보통 수면 클리닉에서는 아이의 우는 소리를 인내하는 방법으로 두 가지를 제안한다. 모두 심리학적으로 근거가 있는 정서 조절 기법이다.

첫 번째 방법은 주의 분산을 하는 것인데, 아이의 우는 소리에 너무 집중하지 않도록 다른 소리를 듣는 것이다. 치과에서 클래식 음악을 틀어주듯이, 노이즈 캔슬링 헤드폰을 끼고 잠시 음악을 들어보자. 청소기를 돌리거나 샤워를 하거나 화장실에 앉아 물을 틀어놓는 것도 방법이다. 그 밖에도 아이의 울음소리가 괴로울 때는 생각을 필요로 하는 시각적 자극을 제공해주거나 목표가 있는 짧은 활동을 찾아보는 것도 좋다. 예를 들어 컬러링 북에 색칠을 하거나 모형을 조립하는 것 같은 활동은 잠시 주의를 분산시키는 데 도움이 될 수 있다. 이때 시계를 자주 확인하지 않는 것이 좋다. 물이 끓을 때까지 냄비를 쳐다보면 그 시간이 참 길게 느껴지는 것과 같은 원리다.

두 번째 방법은 고통스러운 상황을 재평가하고 재해석하는 것이다. 한 연구에서 아이 울음소리를 들려주며 "지금 아이 울음소리를 들려줄 텐데, 우는 아기는 다치거나 아프지 않습니다. 심각한 상황이 아닙니다. 혼자 자는 연습을 배우고 있는 것뿐입니다"라는 멘트를 제공한 엄마들은 아무런 지시문을 듣지 못한 엄마들보다 더 오래 인내했다.

결심

신생아라고 부르는 시기가 지날 즈음
아이의 수면 교육을 시도했다.

누워서
사사~

조심

조심

하지만 이틀 만에 포기…

저렇게
울다가
목에서 피나는 거
아닐까?

계속 울게
놔둘 거야?
그만하고
안아주자.

으앙!

으앙!

결국 원래 하던 대로 수유하면서 재우다가

일단

재우고 보자.

단유 후에는 아이가 잠들 때까지 팔베개를 해주었다.

그 사이
둘째가
태어남.

잠자리에서 아이들에게 읽어주었던 책들

하루를 갈무리하며 나눈 대화들은
나에게 아름다운 추억이 되었다.

하지만 아무도 만족할 수 없고

어쩔 수 없음에 속상한 밤도 많았다.

이제라도 아이를 스스로 자게 하며 알게 된 것은

생후 6개월이든 초등학생이든
처음 스스로 잠들기를 배우는 일은
어려운 도전이라는 것.

아이가 혼자 자기 위해 결심이 필요한 쪽은
아이보다는 엄마라는 것.

아이에게 집중하는 시간을
꼭 잠자리에서만 보낼 필요는 없다는것.

18

◆

수면 교육이 아이 성격이나 발달에
악영향을 미칠까

영국 소아과 의사이자 정신분석가 도널드 위니콧Donald Win-
nicott은 '충분히 좋은 엄마good enough mother'라는 개념을 만들었
다. 그는 충분히 좋은 엄마란 아이의 모든 요구에 응하는 것
을 멈추면서 아이가 자기 조절을 배울 수 있게 해주는 엄마
라고 했다. 아이가 성장하면서 부모는 아이의 모든 울음소리
에 일일이 반응하기보다는 넘어져서 우는 아이는 스스로 털
고 일어날 수 있게, 장난감이 잘 작동 안돼서 짜증내는 아이
는 혼자서 작동법을 터득할 수 있게 기다려줄 수 있어야 한

다. 아이가 살아가는 데 중요한 자기 조절 능력을 개발하도록 여유를 줘야 하는 것이다. 물론 기다려주는 그 과정이 마냥 쉽지만은 않다. 수면 교육도 그중 하나다.

수면전문가, 소아정신과, 아동심리학자들이 입을 모아 수면 교육의 효과를 말하지만, 많은 부모가 중도에 포기하곤 한다. 가장 큰 이유는 앞 장에 소개한 부모가 아이 울음소리를 견디지 못해서이고, 두 번째 이유는 아이가 오래 울면 장기적으로 후유증이 있을 것 같아서다. '아이 성격 버린다', '나중에 아이와 부모 관계가 나빠진다', '아이의 정서 발달에 문제가 된다' 등이 거론되는 대표적인 이유들이다. 또 '때가 되면 통잠을 자겠지'라는 생각에 애초부터 수면 교육을 시도조차 하지 않는 경우도 많다. 그렇지만 연구에 의하면 세 살까지 통잠 못 자는 아이는 학령기까지 수면 문제가 지속된다. 세 살 잠버릇, 여든까지 간다는 것이다.

만약 수면 교육을 망설이고 있다면, 엄마와 아이의 정신 건강을 위해서라도 다시 생각해보길 권한다. 아이에게 수면 문제가 있을 때 엄마는 신체적 체벌을 더 많이 한다. 또 아이에게 수면 문제가 있는 엄마는 그렇지 않은 경우보다 우울증에 걸릴 확률이 2배 더 높다. 실제로 아이가 너무 안 자면 아이를 해치고 싶은 마음이 생길 수 있다. 친한 친구 한 명은 아이가 어렸을 때 너무 안 자서 울먹이며 전화해서, 차마 어디가서 말은 못하겠지만 아이를 계단 위에서 던져버리고 싶은 생각이 반복적으로 들어 괴롭다고 호소했다. 아무리 엄마라도 잠을 못 자서 정신 건강에 위협을 받으면 이런 극단적인 생각을 할 수 있다. 연구에 의하면 잠을 잘 안 자는 아이를 둔 엄마는 아이를 해치는 것에 대한 침투적인 생각을 더 자주 하며, 정말 안타깝지만 아이를 살해한 사례도 연구와 법적 문서로 공유되고 있다.

다음 쪽에 수면 교육에 관해 가장 많이 제기되는 걱정과 오해를 해소하기 위해 최신 연구를 바탕으로 한 과학적 근거를 가져와 실었다. 아이 정서에 좋지 않을까 봐 수면 교육을 망설이는 부모에게 도움이 되었으면 한다.

수면 교육은 아이에게 후유증을 남기는가

한 연구에서 병원에 입원한 상태로 수면 교육을 시행하며 매일 아이와 엄마에게서 스트레스 호르몬인 코르티솔을 채취했다. 첫날과 둘째 날에는 아이도 엄마도 코르티솔 수치가 증가했다. 아이는 엄마가 평소처럼 안 재워주니까 울면서 스트레스를 받았을 것이고, 엄마는 아이가 우니까 스트레스를 받았을 것이다. 그렇지만 3일째부터 아이는 더 짧게 울고 코르티솔 수치도 평소 수준으로 돌아왔으며, 엄마도 아이가 울지 않으니까 코르티솔 수치가 감소했다. 수면 교육이 단기적으로는 아기에게 스트레스를 줄 수 있지만, 장기적으로 후유증을 남기지는 않음을 확인할 수 있었던 것이다.

수면 교육은 아이의 발달에 영향을 미치는가

호주 전역에서 진행된 대표적인 수면 연구가 있다. 아이가 7개월 때 수면 교육을 한 집단과 하지 않은 집단으로 나눠 각각 아이가 2살이 되었을 때 아이가 겪는 정서적 문제에 차이가 있는지를 살펴본 연구다. 아이의 정서 및 행동 문제는 '내재화 문제(안으로 향하는 문제)'와 '외현화 문제(밖으로 향하는 문제)'로 구분한다. 내재화 문제는 회피, 불안, 우울 등의 정서 및 행동 문제들을 포함한다. 외현화 문제는 충동성, 공격성, 과활동성, 비행 등이다. 수면 교육을 한 집단과 하지 않은 집단을 장기 추적해 비교해본 결과, 아이의 내재화 문제와 외현화 문제에서 모두 유의한 차이가 없었다. 즉, 수면 교육이 아이의 정서 및 행동 발달에 문제를 일으키지 않는다는 것이다.

수면 교육은 아이의 애착에 영향을 미치는가

수면 교육이 애착 형성에 방해된다는 이야기가 처음 제기된 것은 애착이론의 대가인 메리 아인스워스Mary Ainsworth의 연구 때문이다. 1978년 아인스워스는 생후 3개월 이상인 26명의 아이들을 대상으로 '우는데 엄마가 반응을 해주지 않는 횟수', '반응하기까지 걸린 시간'을 기록했다. 그리고 12개월 후 실험 대상 아기들을 추적해 살펴보았더니 엄마 반응이 오래 걸린 아기는 그렇지 않은 아기에 비해 불안정 애착이 더 많았다고 발표했다. 아인스워스를 비롯한 논문 저자들은 소수의 아기들을 대상으로 진행한 연구가 오늘날 수많은 엄마들에게 이렇게 큰 영향력을 미칠 줄은 아마 몰랐을 것이다.

이후 이 연구 결과에 의문을 가진 후속 연구자들이 더 많은 수의 아기와 더 탄탄한 과학적 방법으로 아인스워스 연구를 재연해보려 여러 차례 시도했다. 2020년에 영국에서 진행한 한 연구에서는 178명의 아이들을 대상으로 집에서 수면 교육을 한 아이와 하지 않는 아이가 18개월이 됐을 때 아이-부모의 애착 관계가 어떻게 달라졌는지 살펴보았다. 연구 결과 수면 교육을 한 아이는 수면 문제가 훨씬 적었으며, 회피 애착이나 불안정 애착 유형 비율에 두 집단 간 차이는 없었다. 이와 같이 최초의 연구를 재연해보려는 시도들이 모두 실패해서 수면 교육이 애착 관계에 영향을 미치지 않는다는 사실이 밝혀졌는데도, 많은 엄마들은 여전히 수면 교육이 아이의 발달에 해롭다고 생각해서 망설인다.

수면 교육은 엄마의 정신 건강에 도움이 되는가

호주의 한 연구에서 아이가 7개월 무렵 수면 교육을 한 집단과 안한 집단을 비교했더니 아이가 2살이 된 시점에 수면 교육을 한 집단은 그렇지 않은 집단에 비해 엄마의 우울증 발병률이 현지히 낮았으며(15퍼센트 대 26퍼센트), 치료가 필요한 정도의 우울증을 앓는 비율에서도 차이가 났다(4퍼센트 대 13퍼센트). 그리고 수면 교육을 한 엄마들 중 84퍼센트는 수면 교육으로 인해 아이와의 관계가 더 좋아졌다고 보고했다.

수면 교육을 하는 시기는 생각보다 짧다

두 아이의 수면 교육을 하면서, 처음에는 밤에 아이가 자지러지게 울 때 '아이가 아침에 일어나서 나를 미워하고 쳐다도 안 보면 어떻게 하지?'라는 걱정을 했었다. 그렇지만 아이는 아침에 일어나 항상 나를 보며 반갑게 방긋 웃어주었고, 내 얼굴에 침 칠갑을 하며 뽀뽀를 해주었다. 수면 교육이 물론 쉽지 않고 견디기 어려울 수 있다. 그러나 수면 교육을 하는 시기는 생각보다 짧다. 낮에 아이와 좋은 관계를 유지한다면, 그것으로 충분하다.

지금까지 연구된 과학적인 증거들을 종합해보자면, 수면

교육은 아이의 정서 및 행동 발달, 부모와의 애착에 큰 문제를 일으키지 않는다. 오히려 수면 교육은 장기적으로 부모의 정신 건강을 지켜준다. 짧은 고통을 통한 긴 혜택을 가져오는 것이다. 아이의 울음소리를 감내하는 것은 당신이 나쁜 부모라는 것을 의미하지 않는다. 아이의 미래를 망치고 있는 것도 아니다. 짧은 고통을 감내해서라도 아이가 자기 조절을 할 수 있게 첫 수업을 제공하는 당신은 누구보다 좋은 부모다.

수면 교육 롤러코스터

드디어 아이들과 잠자리를 분리했다.

자, 너희 침대!

와!! 내가 2층에서 잘래!

아기 시절 수면 교육을 마쳤다면
울음소리만 들으면 됐을 텐데
조목조목 말로 애원하는 소리를 듣고 있자니,

엄마 같이 자자.

옆에 누워서 재워 주세요.

내 마음 흔들리기가 갈대 같지만

오늘만! 오늘만 같이 자면 안돼요?

엄마 좋아.

저렇게 애원하는데

들어줘야 하는거 아닐까?

아이가 잠드는 순간
거짓말처럼 모든 고민이 사라진다.

응? 벌써 잠들었나?

나 퇴근인가?!!!

19

✦

언제 재우고, 언제 깨워야 할까

〜〜〜〜〜〜〜〜〜〜〜〜〜〜

지금 이 글을 쓰는 시각은 7살과 3살짜리 두 아들의 취침 시간 2시간 전이며, 우리 집은 서커스단인지 가정집인지 모를 정도로 시끄럽다. 한 놈은 세상 떠나가라 소리를 지르며 손에 든 작은 면 이불을 쥔 채 뛰어다니고 있고, 한 놈은 장난감 자동차를 타고 마루를 종횡무진하며 큰 소리로 노래를 부르고 있다. 이제 곧 잘 시간인데, 이 아이들은 왜 이렇게 에너지를 발산하고 있는 것일까?

아이의 피로와 어른의 피로는 다르다

아이가 태어나면, 꼬물꼬물한 신생아를 주변에서 한 번씩 안아보고 정수리에서 폴폴 나는 신생아 냄새를 맡고 싶어 한다. 사람들이 아이에게 관심과 사랑을 주는 것은 고마운 일이지만, 예쁘다고 돌아가며 안아주다 보면 아이는 우리가 생각하는 것보다 훨씬 쉽게 피로를 느낀다. 어른은 피곤해도 스스로 이완을 하거나 자는 시간을 늦추는 것이 가능하지만, 아직 자기 조절 능력이 부족한 아기는 피곤한데 자는 시간을 늦추면 잠을 더 못 자고 내리 울기만 할 수 있다. 몽유병이나 악몽이 평소에 잦은 아이라면 문제가 악화될 수 있기 때문에 아이가 피곤하다는 신호들을 잘 관찰하고 제때 재우는 것이 중요하다.

아이들을 재우면 안 되는 위험 구간

생체리듬은 수면을 결정하는 중요한 요인이다. 보통 잠을 자기 좋은 구간(충분히 오래 깨어 있고, 생체리듬의 깨어 있으려는 신호가 약해지는 지점) 바로 전에 정신이 말똥말똥해진다. 생체리듬으로 치면 깨어 있으려는 신호가 가장 강한 시간대다. 그래서 아이들도 자기 전에 갑자기 에너지를 발산하며 활동적으로 변할 수 있다. 이 시간이 아이를 재우면 안 되는 '위험 구간'인데, 수면학자들은 그 시간에 아이를 억지로 재우려고 하면 무조건 실패한다는 의미로 **금지된 구간**forbidden zone이라 부른다. 부모들은 취침 시간이 다가오는데 아이들이 갑자기 활동이 증가하기 때문에 당황스러워하며 아이를 억지로라도 재워야겠다는 생각에 일찍부터 불을 끄고 침대에 눕는데, 그러면 오히려 실랑이가 길어질 수 있다. 또 아이가 갑자기 에너지를 발산하기 때문에 피곤하지 않다고 생각해서 더 늦게 재우는 부모도 있는데 그 또한 좋지 않다. 아이는 피곤하더라도 위험 구간에는 에너지가 자연스럽게 올라갈 수 있다. 그렇기 때문에 위험 구간 중에는 에너지를 어느 정도 분출하게 해주면서 너무 흥분하지 않도록 조절해주어야 한다.

연구에 의하면 12개월 전후 아이는 평균적으로 17~20시 사이가 위험 구간이고 성인은 20~22시 사이라고 알려져 있지만, 아이마다 사람마다 다르다. 우리 집을 예로 들자면 쉽게 흥분하고 흥분을 가라앉히는데 시간이 걸리는 둘째 아이는 취침 시간이 다가올수록 정적인 활동을 유도하고 방도 조금 더 일찍 어둡게 해놓으려고 노력하는 반면, 위험 구간이 평소와 크게 다르지 않은 부처님 같은 첫째는 특별히 신경 쓰지 않고 재운다.

아이의 자연스러운 기상 시간 알기

아이가 새벽에 깨서 아침 수유를 한 다음 바로 다시 잠든다면, 그것은 아이가 밤중에 깨서 밤 수유를 하고 자는 것과 같다. 새벽 5시에 일어나서 수유를 해야 한다면 부모도 힘들지만 아이도 더 자주 깨는 결과를 초래한다. 아이는 언제 일어나야 부모가 맘마를 줄 것인지 모르기 때문에 더 자주 깬다고 한다. 그렇기 때문에 아이가 일어나서 수유를 하고 바로 다시 잠들지 않은 시간이 언젠지 파악을 해야 하며 그 시간이 아이의 자연스러운 기상 시간이다(새벽 5시가 아니라!). 아이의 자연스러운 기상 시간이 파악되면 같은 방에서 바로 수유를 하는 것을 피하는 것이 좋다. 아이가 일어나자마자 옷을 갈아입히고 자는 방이 아닌 다른 방으로 간다. 이렇게 하면 아기는 아침 기상과 수유하는 것을 구분하고, 낮과 밤도 인식힐 수 있다.

수면 팁

아이가 너무 일찍 일어나지 않게 도와주는 몽중 수유 기법

~~~~~~~~~~~~~~~

몽중 수유Dream Feed는 밤 수유를 끊지 못한 아이들에게 말 그대로 '자는 중에 수유하는 것'으로 생후 2개월부터 사용할 수 있다. 보통 부모는 아이보다 늦게 자기 때문에 눕자마자 30분도 채 되지 않았는데 아이가 울어 주섬주섬 수유를 해야 하는 곤욕을 치르느라 괴로울 수밖에 없다. 몽중 수유를 하면 아이가 좀 더 오래 잘 수 있고 부모도 더 잘 잘 수 있다.

1. 몽중 수유는 아이가 잠들고 나서 2~3시간이 지난 후 하는 것이 이상적이고, 부모의 취침 시간에 가까울수록 좋다.

2. 아이를 침대에서 꺼내서 자고 있는 상태에서 수유를 하고, 다시 침대에 눕힌다.

3. 아이가 밤에 깨면, 일관적으로 반응하되 수유는 하지 않는다. 아이가 깰 때마다 먹인다면 아이는 수유를 해야 다시 잠들 수 있다는 것을 배우기 때문에 이미 이런 습관이 형성됐다면 수면 교육이 필요하다(17장 참고).

4. 아침에 아이가 일어나면 밤과 다른 의식을 만든다. 예를 들어 먼저 기저귀를 갈고 옷을 갈아입힌 뒤, 자던 방에서 나와 다른 방에 가서 수유를 한다.

버럭

저녁을 먹고 나면 머릿속엔 한 가지 생각뿐이다.

조금 있으면 잘 시간이다!

그런데 그 시간이 생각만큼 빨리 오지 않아서

으악!

기다리고 기다리다가…

옷 입자…

버럭 한 번.

옷 입으라고!

얼음..

20

♦

낮잠은 어떻게 재워야 할까

~~~~~~~~~~~~~~~~~~~~~~~~

어린 아기를 키우는 어떤 부모가 만든 재미있는 웹툰이 한동
안 온라인 커뮤니티를 뜨겁게 달군 적이 있다. 엄마는 밤에
아이를 재우고 난 뒤 아이 손등을 쓰다듬으며 "흑흑. 내 새
끼, 건강하게 자라줘서 고마워. 늘 엄마 곁에 이렇게 함께 해
줘. 소중한 우리 아기, 아프지 말고"라고 애정 넘치게 속삭이
지만, 아이가 깨고 나서는 아침에서 낮 그리고 저녁이 될 때
까지 아이에게 반복적으로 "언제 자냐"고 묻는다.

　부모는 아이가 하염없이 사랑스럽지만 또 그만큼 힘들

어서 하루 중 아이가 '잠드는' 시간을 가장 기다린다. 특히 하루 종일 혼자 아이를 돌보다 보면 아침 먹이고 좀 놀고 점심 먹일 때까지는 시간이 여차여차 지나가지만, 아이가 중간에 낮잠을 자야 한번 재충전하고 오후와 밤 시간을 멀쩡하게 보낼 수 있다.

그러나 많은 부모가 아이의 낮잠과 밤잠이 연결되어 있다는 사실을 간과한다. 아이가 낮에 너무 많이 자면 밤에 잠을 못 자고, 낮에 너무 안 자도 피로가 지나쳐서 밤에 안 잔다. 그래서 아이의 낮잠과 밤잠을 같이 하나의 패키지처럼 묶어서 생각하면 아이를 더 잘 재울 수 있다.

낮잠을 잘 재우려면 아이 월령에 따라 필요한 낮잠의 횟수와 양을 알고, 내 아이가 자라는 속도에 맞춰 적절히 조정해야 한다.

아이 낮잠 재우기 1단계:
아이의 월령에 필요한 낮잠 파악하기

아이마다 필요한 낮잠의 횟수와 양에 차이가 있다. 낮잠을 많이, 자주 자야 하는 아이가 있는가 하면 어린이집 낮잠 시간에 혼자 낮잠을 거부하며 (괜히 엄마 눈치 보이게) 일찍 졸업하는 아이도 있다. 또 한번 자면 두세 시간 자는 아이가 있는가 하면 낮잠을 30분 이상 안 자는 아이도 있다. 가장 중요한 잣대는 낮에 아이가 즐겁게 일상생활을 하며 갑자기 졸지 않는지를 살펴보는 것이다. 자주 짜증을 내고 피곤해한다면 낮잠 스케줄을 바꿔보길 권한다.

신생아 때에는 낮잠을 수시로, 일정한 스케줄 없이 잔다. 아이가 6개월이 되면 낮잠을 하루에 두 번 혹은 세 번 자며, 9~12개월 사이에 세 번째 낮잠이 없어지고 밤에 좀 더 일찍 자게 된다.

6~12개월 아이의 적정 낮잠 횟수와 시간

- 3개월: 하루 3~4번, 한 번에 30분~2시간.
- 4~6개월: 하루 2~3번, 한 번에 1~2시간.
- 7~12개월: 하루 2번, 한 번에 1~2시간.

아이가 2~3개월이 되면, 일정한 스케줄에 따라 낮잠을 재울 수 있다. 초반에는 시간 간격을 기준으로 낮잠을 재우는 방법이 좋다. 가장 흔하게 사용하는 방법은 '2시간 규칙'으로 아이가 깬 시간을 기점으로 2시간 간격으로 낮잠을 재우는 것이다. 예를 들어 아침 7시에 일어났다면 9시에 첫 낮잠을 재우고, 아이가 한 시간 자고 10시에 일어났다면 12시에 두 번째 낮잠을 재우는 것이다. 물론 아이 월령에 따라 아이가 어리면 1.5시간 간격일 수도 있고 성장할수록 간격이 길어질 수 있다.

두 번째 방법은 매일 같은 시각에 아이를 재우는 것이다. 예를 들어 두 번 낮잠을 자는 아이라면 오전 10시, 오후 2시에 낮잠을 재운다. 매일 같은 시간에 아이를 재우면, 신기하게도 아이는 그 시간만 되면 무슨 일이 있어도 눈을 비비며 자려 할 것이다.

아이가 너무 늦게까지 낮잠을 자고 있으면 밤잠을 위해서 깨우는 게 좋은지에 대한 질문을 자주 받는다. 만약 낮잠을 하루에 여러 번 자는 아이라면, 다음 낮잠을 잘 자기 위해

정해놓은 시간에 깨우는 편이 좋다. 오전 10시와 오후 2시에 낮잠을 자는 아이라면, 적어도 12시 정도에는 깨워야 놀다가 2시쯤 다음 낮잠을 잘 수 있다. 또한 정해놓은 취침 시간 3시간 이내로는 낮잠을 재우지 않아야 밤에 너무 늦게 자는 것을 막을 수 있다.

아이 낮잠 재우기 2단계:
아이의 낮잠 변화에 유연하게 대처하기

아이의 낮잠 변천사에는 크게 중요한 두 가지 시점이 있다. 첫 번째는 아이가 낮잠을 두 번에서 한 번으로 줄일 때고, 두 번째는 낮잠을 자다가 크면서 낮잠을 더 이상 자지 않게 되는 시점이다. 보통 12~18개월 사이에 낮잠이 두 번에서 한 번으로 줄어든다. 3~4세 사이에 두 명 중 한 명꼴로 낮잠을 안 자고, 5세가 될 무렵이면 대부분의 아이가 낮잠을 자지 않는다(물론 5~6세까지 낮잠을 자는 아이도 있다).

낮잠을 줄이는 시점과 방법은 아이마다 다르다. 낮잠 횟수가 줄어들 무렵 아이가 보내는 신호들을 잘 관찰해야 한다

(특히 두 번에서 한 번으로 줄 때). 어느 날 갑자기 낮잠을 하루 두 번 자던 아이가 한 번만 잘 수도 있고, 낮잠을 재우려고 할 때 예전에 비해 더 오래 걸릴 수도 있다. 또 아침 낮잠을 건너뛰고 오후 낮잠만 자도 잘 놀거나 오후 낮잠을 건너뛰고 밤까지 쌩쌩하게 잘 놀 수 있다. 이럴 때는 낮잠 횟수를 줄이고 오전 낮잠을 뒤로 미루거나 오후 낮잠을 일찍 당기는 방법으로 시간을 조정해야 한다.

이런 변화는 하루아침에 갑자기 생기는 것이 아니라 과도기를 거쳐 서서히 나타나기 때문에 아이의 낮잠에 대해서만은 엄마가 유연하게 대처하고 여유롭게 생각하는 것이 중요하다. '어제는 잘 잤는데 오늘은 왜 갑자기 안 자려고 하지' 혹은 '어제는 오래 잤는데 오늘은 왜 짜증만 내'처럼 한 번 통한 방법을 계속 고집하면 부모만 힘들 수 있다. 또 아이가 낮잠 파업을 했다고 해서 억지로 재우려고 하면 자는 문제로 아이와 실랑이가 잦아질 수 있다. 차라리 마음속으로 아이의 잠은 원래 주사위를 던지는 행위마냥 예측 불가능하고 랜덤한 것이며, 그날그날 아이 컨디션에 맞춰서 대응하겠다는 태도로 접근하는 것이 부모의 정신 건강에 좋다.

안타깝지만, 언젠가는 낮잠을 한 번 자다가 아예 안 자게 되는 시기가 온다. 대부분의 아이들은 이때 기관을 다니고 있기 때문에, 기관에서 낮잠을 안 잤다고 하는 날이 잦고 주말에 낮잠을 재우려고 할 때 오래 걸리며 낮잠을 안 자도 하루 종일 잘 논다면 낮잠을 졸업할 때가 된 것이다. 그렇지만 낮잠을 안 자던 아이도 가끔 신나게 놀고 나면 에너지를 재충전하기 위해 낮잠을 잘 수 있다. 우리 집 7세 아들도 낮잠을 졸업한 지 한참 지났지만, 물놀이를 장시간 한 날에는 가끔 낮잠을 잔다. 그렇기 때문에 낮잠을 졸업했다고 해서 앞으로 절대 낮잠을 자지 않아도 되는 것은 아님을 기억하자.

낮잠이 꼭 필요 없는 아이라도, 낮잠을 자던 때가 되면 재충전의 시간을 주는 것이 좋다. 낮잠을 자는 시간처럼 집안의 불을 어둡게 조정하고 조용히 침대에서 뒹굴뒹굴하거나 책을 읽는 등 정적인 활동을 하게 한다. 낮잠 대신 조용한 놀이 시간을 가지는 것은 혼자 노는 법을 배울 수 있는 좋은 기회이기도 하다.

아이 낮잠 재우기 3단계:
낮잠에도 수면 교육 적용하기

아이의 낮잠에 변화를 주려면 우선 아이가 밤잠을 잘 자는지 확인해야 하고, 수면 교육까지 진행한 후에 개입하는 것이 좋다. 잠과 관련하여 한꺼번에 너무 갑작스러운 변화를 주면 아이도 혼란스럽지만 부모도 크게 스트레스를 받게 되며, 너무 힘들어서 포기하게 되는 부정적인 결과를 낳을 수 있기 때문이다. 그래서 아이의 수면 문제 해결을 하려고 마음먹고 나섰다면, 다음과 같은 순서를 추천한다.

우선, 아이가 6개월이 됐다면 자기 진정 기술을 습득할 능력을 갖추게 되므로 17장에서 소개한 방법으로 수면 교육을 하고, 2주간 적응기를 거쳐 밤잠을 잘 자는지 확인한다. 그 다음으로 아이가 밤중에 깨도 부모의 개입 없이 혼자 다시 잠드는 방법을 습득하게 하고, 또 2주간 적응기를 가진다. 마지막으로 낮잠을 잘 재우는 개입법을 실천해본다. 즉, 밤잠에 관한 수면 교육을 먼저 한 뒤 낮잠에 관해서는 가장 마지막으로 개입하는 것이 좋다.

아이를 겨우 재웠지만 길게 자지 않고 30분 혹은 45분 후쯤 깬다면 다시 재우려고 노력을 해야 할지, 그냥 깨우고 다음 낮잠(혹은 밤잠)을 기약해야 할지 고민될 수 있다. 아이를 안아서 재우거나 유아차 태워서 재웠다면 오래 낮잠을 잤을 텐데 수면 교육 중이라면 더 고민스러울 것이다. 이렇게 낮잠 도중 깨는 것은 밤에 아이가 깨는 것과 마찬가지라고 생각하면 된다. 아이는 어느 정도 잠은 자서 졸림은 해소했지만 아직 낮잠을 충분히 자지 않은 상태다. 만약 아직 낮잠 시간에 수면 교육을 시행하기 전이라면 아이에게 혼자서 다시 잠들 능력은 없을 것이기 때문에 아이를 오래 울리지 말고 안아주거나 쪽쪽이를 물려줘서 더 오래 자도록 도와주면 된다. 수면 교육을 통해 아이에게 자기 진정 기술이 생긴 후라면 낮잠을 자다가 깨더라도 혼자서 다시 잠들 수 있을 것이다. 따라서 밤잠 때와 마찬가지로 다시 잠들 수 있는 기회를 주면 된다.

또한, 낮잠을 안 잔다고 몇 시간이고 실랑이하지 말자. 수면전문가 입장에서 볼 때, 밤잠을 재우는 것보다 낮잠을 재우는 것이 훨씬 힘들 수밖에 없다. 밤에는 충분히 활동한 뒤라 피곤해서 아이들이 금세 잠들 수 있지만, 낮에는 아직 에너지가 남아있기 때문이다. 30~40분 정도 시도했다가 잠들지 않으면 15~20분 정도 쉬었다가 다시 시도해보자. 그리고 아이가 놀다가 다른 곳(소파, 식탁, 자동차)에서 잠들었더라도, 잠은 침대에서 자는 것이라는 사실을 인식시켜주기 위해서 꼭 침대로 옮겨 재워야 한다.

수면을 공부하면서 부모가 해야 하는 일 중 가장 힘든 일이 아이 낮잠 지도가 아닐까라고 생각한 적이 있다. 낮잠의 횟수와 시간에 유연하게 대처해야 하고, 변화를 줄 때를 놓치지 않기 위해 아이 행동을 주의 깊게 관찰해야 하는 동시에 매일 일관된 방식으로 재워야 하는 경직성도 필요하다. 어떻게 보면 역설적인 두 가지 능력 사이에서 균형을 잡기 위해 줄다리기를 하며, 낮잠 이외의 다른 일에도 신경 써야 한다. 그렇기 때문에 아이가 낮잠을 안 잔다고 오늘 또 욱했다면, 이것이 얼마나 고도의 스킬을 요구하는 어려운 일인지 생각하며 스스로를 다독이기 바란다. 그리고 부디 꼭 낮잠에 성공해, (솔직히) 아이가 낮잠을 필요로 했던 것보다 더 '필요했던' 부모의 휴식을 맞이하기 바란다.

수면 팁

낮잠 시간의 미니 수면 의식 만들기

―――――――――――――

매일 일정한 수면 의식을 통해 아이에게 잠잘 시간이 가까워졌다는 것을 알리고 예측 가능한 루틴을 만들면 수면 교육에 도움이 된다. 낮잠을 잘 때 축약된 형식의 미니 수면 의식을 만들어주면 낮잠 자는 시간이 더 수월해질 수 있다. 예를 들어 밤에 자기 전에 목욕을 시키고 책을 두 권 읽어주고 노래 두 곡을 불러준다면, 낮잠을 자기 전에는 목욕은 생략하고 책 한 권, 노래 한 곡을 매번 불러주는 의식을 취하면 낮잠으로 들어가는 데 도움이 될 수 있다.

낮잠 재우기 대장정

1. 오전 외출로 체력 방전시키기

2. 배부르게 점심 먹기

3. 낮잠용 미니 수면 의식

4. 드디어 낮잠!

이걸로 오늘 전반전 끝-

21

♦

밤에 자지러지게 울며 깨는 아이, 괜찮을까

야경증, 혼돈성 각성, 몽유병이 있는 아이

~~~~~~~~~~~~~~~~~~~~~~~~~~~~~~~~

어느 날, 아이들을 재우고 남편과 거실에서 텔레비전을 보고 있었다. 갑자기 둘째 아이가 자지러지게 우는 소리가 들려 놀라서 황급하게 달려갔다. 아이는 눈물을 줄줄 흘리며 소리를 질렀고 안아주려고 해도 밀쳐내며 좀처럼 안정을 되찾지 못했다. 또 실눈을 뜨고 있었지만 주변을 완전히 의식하지 못하는 것 같았다. 결국 방 불을 켜고 아이를 자리에 앉혔다. 아이는 잠이 어느 정도 깬 후에야 울음을 그쳤다.

　우리 집과 비슷한 일을 겪은 적이 있다면, 아이는 야경증을 경험한 것이다. 보통 야경증을 경험한 아이는 아침에 일어나면 전날 밤 무슨 일이 있었는지 기억을 못한다. 오히려 놀란 부모가 혹시 낮에 무슨 트라우마가 될 법한 일이라도 있었던 것은 아닌지 걱정하고, 아무 일 없이 해맑게 노는 아이를 보며 의아해하기도 한다.

아이들이 어렸을 때에 흔하게 경험하는 수면 문제에는 크게 세 가지가 있다. 야경증night terror, 혼돈성 각성confusional arousal, 그리고 몽유병sleepwalking이 그것이다. 이 세 가지 수면 문제는 모두 사건 수면parasomnia이라는 범주에 속하며, 깨어 있는 것도 아니고 자는 것도 아닌 애매한 상태에서 일어난다. 사건 수면은 주로 잠들고 나서 몇 시간 후에 발생한다. 밤에 자는 시간을 반으로 나눈다면, 하룻밤을 전반기와 후반기로 나눌 수 있다(예를 들어 밤 10시에서 아침 8시까지 잔다면, 밤 10시에서 새벽 3시까지는 전반기이고 새벽 3시에서 아침 8시까지는 후반기다). 사건 수면은 하룻밤의 전반기에 주로 생긴다. 깊은 수면 상태인 3~4단계 수면(혹은 서파 수면)에서 1~2단계의 수면 혹은 렘 수면(꿈 수면)의 단계로 전환할 때 '사건'이 발생하기 때문이다.

수면전문가들은 야경증과 혼돈성 각성, 몽유병이 대체로 크게 걱정할 만한 수면 문제가 아니며 심리적 문제를 반영하지 않는다고 본다. 더불어 전체 아이의 40퍼센트가 세 가지 문제 중 하나를 경험할 정도로 생각보다 흔하며, 대부분 크면서 특별히 치료를 하지 않아도 자연스럽게 사라진다. 사건 수면은 유전적 요인이 강해 약 65퍼센트는 직계 가족 중 한 사람이 비슷한 사건 수면을 경험했을 가능성이 높다. 우리 첫째와 둘째도 야경증이 간헐적으로 발생했는데 수면 공부를 하다가 가족력이 있음을 알게 되었다. 생각해보니 가끔 남편이 자다가 "누구세요! 들어오시면 안돼요!"라고 외치며 밤에 벌떡 일어나서 도둑을 잡는다고 난리를 친 적이 일 년에 한 번씩은 꼭 있었다(시어머니에게 여쭤보니 시아버지도 가끔 비슷한 사건을 일으키셨다고 말씀해주셨다).

그 밖에 사건 수면을 발생시키는 중요한 요인으로 수면 부족이 있다. 잠이 부족하면 아이는 평소보다 더 깊이 잠을 자며, 잠을 자는 것도 깬 것도 아닌 상태 사이에 끼어서 사건 수면을 경험할 가능성이 높아진다. 또 특정 약물(리튬, 프로릭신, 데시프라민), 고열이나 질병, 원래 자던 곳이 아닌 낯선 곳에서 잠들거나 스트레스를 받을 때 수면 부족으로 이런 사건이 더 많이 생길 수 있다.

야경증

야경증은 극도의 공포를 느끼며 일어나 쉽게 안정을 찾지 못하는 사건 수면이다. 2세 이전의 아이에게 가장 많이 발생하며(전체 아이의 약 30퍼센트) 성인이 되어서 계속 경험하는 경우도 간혹 있다. 보통 잠든 후 1~2시간 이내로 발생하며 (앞 예시처럼) 아이가 깬 듯하지만 계속 울고, 동공이 확장되어 있고, 심장이 쿵쾅쿵쾅 뛰면서 극렬한 공포 반응을 보인다. 평소 속상할 때 부모에게 안겨 위안을 받는 아이도 야경증이 발생했을 때에는 안아주려고 해도 뿌리치고 공격적인 행동을 할 수 있으며, 이때 다치지 않게 조심해야 한다.

야경증은 당사자보다는 옆에서 목격한 부모가 더 놀라는 경우가 많다. 다음 날 아이는 깨끗이 기억을 못할 것이기 때문에 놀랄 필요가 없고 너무 빈번하게 나타나면 뒤에서 소개할 '미리 깨우기 기법'을 활용하면 아이의 안전과 수면을 시켜줄 수 있다.

혼돈성 각성

아이가 잠들고 나서 한두 시간이 지났는데 갑자기 침대에서 몸부림을 치며 움직이고 벌떡 앉기도 하고 징징거리는 경험을 아마 많은 부모가 했을 것이다. 지극히 정상적인 '혼돈성 각성' 상태다. 아이를 안정시키려고 하면 저항하며 반쯤 깨어 있는 듯한 상태를 보인다. 그렇게 징징거리다가 언제 그랬냐는 듯이 다시 쓰러져서 깊은 수면에 빠진다. 대부분 3세 이전의 아이에게 나타나며 아이가 보통 혼자서 끙끙거리다가 다시 잠들기 때문에 너무 걱정하지 않아도 된다.

몽유병

몽유병은 걸어 다닐 수 있는 약간 큰 아이에게 나타난다. 보통 4~8세 사이에 관찰되며 10세 아이에게 가장 많이 나타난다고 한다. 몽유병은 두 명 중 한 명꼴로 태어나서 한 번은 몽유병 에피소드가 있었다고 할 정도로 생각보다 흔하다. 몽유병이 있는 아이가 밤중에 얼마나 돌아다니는지, 얼마나 멀리 가는지는 아이마다 다르다. 방 안에서 서성거리는 아이도 있고 집 밖으로 나가는 아이도 있다. 서성거리다가 자기 침대로 돌아오는 아이도 있고 옷장이나 다른 사람 침대에서 깨어나는 아이도 있다. 아이들이 몽유병으로 밤에 돌아다닐 때 대개는 눈을 뜨고 돌아다니지만 무엇에 홀린 것처럼 잘 반응하지 않기 때문에 어른들이 많이 놀랄 수 있다. 갑자기 아이가 외계어를 하거나 이상한 행동을 해서 "귀신에 씐 것이 아닐까요"라며 깊이 걱정하는 부모도 있는데 전혀 그렇지 않다. 위에서 언급한 것처럼 그냥 자는 것도 깬 것도 아닌 상태라서 그렇게 보이는 것뿐이다.

몽유병은 다른 사건 수면에 비해 아이가 돌아다니다가 다칠 수 있기 때문에 아이의 안전을 지킬 수 있는 여러 장치를 반드시 마련해야 한다. 몽유병이 있는 아이가 밖으로 나갔다가 고층 건물에서 떨어졌다는 안타까운 사연도 있기 때문에 무엇보다 꼭 안전을 챙겨야 한다. 아이 침실에 아이가 열수 없는 울타리를 설치한다거나 집에 계단이 있으면 계단을 내려가지 못하게 하는 안전장치를 마련해두는 것이 좋다. 안전장치 외에도 아이가 집 밖으로 나가지 못하도록 해주는 경보 장치를 설치하는 것도 방법이다. 밤에 현관문이 열리면 경고음이 울리게 하기, 밤에는 모든 창문을 닫아 놓기(특히 베란다 창문), 아이에게 큰 부상을 입힐 수 있는 가구들을 치우고 재배치하기 등과 같은 조치도 해야 한다.

크면서 아프고, 아파서 크는 아이

아이를 키우면서 나 스스로 가장 많이 했던 질문이 '얘, 이거 문제 있는 거 아냐?'였다. 태생적으로 불안이 높고 병리를 연구하는 사람이다 보니 아이의 사소한 행동에도 부정적인 의미를 부여하곤 했다. 그렇지만 모든 아이가 그렇듯이 아이의 행동에 대해 걱정했던 99퍼센트의 문제들은 그냥 자연스럽게 사라졌고 아이는 큰 틀에서 보면 좋은 방향으로 성장하고 있었다. 그래서 어느 순간 마음속에 '설명할 수 없지만 의문이 가는 우리 아이들의 행동'이라는 폴더를 만들어두었다. 걱정이 스멀스멀 올라올 때 이 폴더에 잘 간직해두기로 하고, 특별히 들추거나 더 알아보거나 신경 쓰지 않으려 노력했다.

이 장에서 소개한 사건 수면들도 부모가 실제로 경험하면 크게 당황스러울 수밖에 없으리라는 것을 누구보다 잘 안다. 그렇지만 이 사건 수면들은 곁에서 조금만 관심을 기울이고 대처하면 대체로 큰 문제를 일으키지는 않으니 부디 안심하길 바란다. 사건 수면은 그야말로 '크면서 아프고, 아파서 크는' 아이의 발달 과정 중 하나다.

수면 팁

사건 수면을 예방하는 미리 깨우기 기법

~~~~~~~~~~~~~~~~~~~~~~~~~

아이의 사건 수면이 극단적이라 아이가 자주 다치거나 너무 빈번하게 나타난다면 약물치료 같은 의학적인 개입이 필요할 수 있다. 그렇지만 약을 먹을 만큼 심각하지 않다면 간단한 행동 개입으로 부모와 아이의 스트레스를 어느 정도 완화할 수 있다.

아이의 사건 수면이 지속된다면 미리 깨우기 기법Scheduled Awakenings을 사용해볼 수 있다.

1. 2주 정도 아이의 수면을 모니터링한다. 아이의 취침 시간, 깨는 시간과 사건 수면이 발생하는 시간을 잘 기록해둔다.

2. 2주 동안 아이의 수면을 확인하는 과정에서 사건 수면이 일

어나는 시간대에 반복적인 패턴이 있는지 확인한다. 잠들고
나서 사건이 일어나기까지 걸리는 시간 혹은 사건이 일어나
는 시각을 통해 분석해볼 수 있다.

3. 사건 수면이 일어나는 시간보다 대략 15~30분 전에 미리 깨
   운다.

4. 미리 깨울 때는 가볍게 터치하며 "잠깐 일어나자"라고 부드
   럽게 말해준다. 이때 아이를 완전히 깨우는 것이 목표가 아
   니기 때문에 너무 격하게 깨워서는 안 된다. 약간 깬 상태이
   지만 여전히 졸려서 몸이 흐물거리는 상태가 가장 좋다.

5. 다시 아이를 재운다.

자랄 준비

아이는 자는 동안에도 크느라 그런 건지

오아양!

깜짝

한밤중에 깨서 크게 울곤 했다.
그러면 꼭 끌어안아 달래주지만

아가
놀랐어요?

엄마 왔어.
괜찮아.
괜찮아.

자장
자장

무엇에 그리 놀랐을까
이유는 짐작만 할 뿐이다.

동생이 생겨서
힘들었던
걸까?

자기 전에
너무
놀았나?

끅...

하지만 내 걱정이 무색하게
아침이면 아이는 방긋 웃는다.

엄마
일어나!

간밤에
그 난리를 쳐놓고
나를 깨우는 것이냐…

밤은 이미 지나갔고,
새 날이 밝았으며
오늘 하루치만큼 자랄 준비가
되었다는 듯이.

22

◆

악몽에 시달리는 아이, 어떻게 달래줄까

~~~~~~~~~~~~~~~~~~~~~~~~~~~~~~

상담실에 앉아 있는 5세 수호는 눈이 반짝반짝 빛나는 아이였다. 부모는 수호가 원래 잘 자는 아이였지만 최근 들어 "무섭다"는 말을 자주 반복하면서 밤에 불 끄고 잘 때가 되면 방에서 도깨비가 나올 것 같다며 계속 일어나서 부모를 찾는다고 했다. 언제부터 시작된 일인지 물어보니 아이가 장난감을 하도 어지럽히고 잘 치우지 않아서 엄마가 "방 안 치우면 밤에 도깨비 나와"라고 여러 번 협박을 한 모양이었다. 예전엔 9시만 되면 잘 자던 아이가 이제는 침대에 눕혀도 무섭다며 한두 시간을 뒤척거리고 침대에서 빠져 나와 도깨비가 없는지 확인해달라고 여러 번 요청하다가 겨우 잠든다고 했다. 유치원에 가려면 아침에 일찍 일어나야 하는데 깨우기 힘들어졌고 아이는 낮에도 피곤하다며 짜증이 잦아졌다. 아무리 안심을 시켜도 계속 무섭다고 하자 최근에 아빠가 성질이 나서 크게 한번 소리 지른 후, 안 되겠다는 생각이 들어 상담하러 왔다고 엄마가 지친 목소리로 말했다.

악몽을 자주 꾸는 아이 모두를 치료해야 하는 것은 아니다. 그렇지만 악몽 때문에 잠을 푹 못 자고 낮 동안 활동에 지장을 받을 정도라면 치료가 필요하다. 악몽을 자주 꾸고 잠을 못 자는 아이라면 부모는 아이가 불안한 기질을 타고 났는지 살펴봐야 한다. 수호도 불안이 높아서 잠을 점점 늦게 자기 시작했고 아침에 못 일어난 경우였다.

아이의 불안은 주변에 도사리는 위험을 잘 피하며 다치지 않게 보호해줄 수 있다는 점에서 유용하다. 그렇지만 지나치면 일상생활을 방해하기 때문에 아이도 성장을 하면서 스스로 불안을 조절할 수 있는 방법을 배워야 한다. 불안은 아이가 통제감을 느끼지 못할 때 주로 경험하기 때문에 부모는 아이가 본인의 힘으로 불안한 상황을 바꿀 수 있음을 몸소 체험하도록 도와줘야 한다. 심리학적 용어로 '개인적 통제감'을 느낄 수 있게 해줘야 한다. 예를 들어 수호에게는 도깨비가 나타나도 무찌를 수 있는 (식염수로 만들어진) 도깨비 퇴치약을 건네주었다. 무서운 상황에서 본인이 무엇인가 할 수 있다는 것만으로도 수호의 불안은 현저히 완화됐다.

대부분 밤에 불안한 아이는 낮에도 불안하다. 그래서 밤뿐만 아니라 낮에도 불안을 잘 통제하고 관리할 수 있는 방법을 아이에게 가르쳐주면 아이는 밤을 더 편안하게 맞이할 수 있다. 낮에도 불안한 아이에게, 아이가 가장 피곤하고 졸린 밤 시간에만 불안을 조절하려고 한다면 배로 힘들 수 있다.

아이가 성장하면서 무언가에 두려움을 느끼는 것은 지극히 당연한 일이다. 보통 3~5세 사이의 아이가 밤에 무섭다는 호소를 가장 많이 한다. 어린 아이들은 현실과 환상을 잘 구분하지 못하기 때문에 머릿속에서 상상한 무서운 도깨비나 괴물을 진짜로 믿곤 한다. 창의적이고 상상력이 풍부한 아이일수록 더 무섭다고 느낄 수 있는데 앞서 소개한 수호도 상상력이 매우 풍부한 아이였다. 평소 책을 읽으면 머릿속에 책 속 장면을 떠올리기를 좋아했고 주인공은 어떻게 지내고 있을까, 어디서 살고 있을까 하는 스토리를 즐겨 만들곤 했다. 그래서 엄마가 도깨비 이야기를 꺼내고 나서 도깨비에 대한 상상을 (너무나도 생생하고 무섭게) 하게 된 듯 보였다.

야경증과 악몽 구분하기

만약 아이가 공포에 질려 일어났을 때 진짜 악몽을 꾸고 있는지, 혹시 야경증은 아닌지 구분할 필요가 있다. 야경증은 잠들고 나서 1~2시간 후 비-렘 수면 단계에서 발생한다. 반면 악몽은 새벽에 렘 수면 중에 꾸고 일어나는 경우가 많다. 따라서 언제 아이가 울면서 깨는지에 따라 야경증과 악몽을 구분할 수 있다.

또 다른 구분법으로는 아이가 꿈을 기억하는지를 살펴보는 것이다. 야경증은 다음 날 아침에 아이가 전혀 기억을 못 하는 반면, 악몽을 꾼 아이는 꿈의 내용을 기억한다. 불안이 높은 아이라면 다음 날까지 계속 이야기하며 밤이 되면 또 악몽을 꿀까 봐 무서워할 가능성이 높다. 악몽과 야경증은 둘 다 사건 수면 범주에 들어가지만, 서로 다른 수면 문제이며 개입법도 다르다.

아이 스스로 불안을 다스리도록 기회 주기

아이가 밤에 불안하다고 하면 대부분의 부모는 아이 곁에 머무르며 아이를 안심시켜준다. 그렇게 하면 아이는 부모가 안심시켜야만 혹은 부모가 옆에 있어야만 불안이 나아진다는 것을 배우게 된다. 아이는 결국 불안하면 계속 부모를 찾고 스스로 불안을 통제하는 방법을 터득하기 힘들게 된다. 따라서 안심시켜주는 것을 조금씩 줄여나가면서 아이가 스스로 불안을 조절하려 노력하는 모습을 보일 때 칭찬해주는 방법을 써야 한다. 아이가 스스로 용감하다고 말할 수 있게 도움을 주거나("나는 5세 형아니까 용감해", "나 혼자 할 수 있어"), 불을 끈 상태로 일정 시간 이상 누워 있었다면 칭찬을 해주자.

만약 어두움을 무서워하는 아이라면 점진적인 방법을

시도해볼 수 있다. 아직 어린 아이라면 불을 끄고 방을 어둡게 한 다음, 보물찾기 게임을 해본다. 부모가 보물을 방 안에 숨겨놓고 휴대용 조명을 아이에게 준 다음 보물을 찾아보라고 한다. 처음에는 찾기 쉬운 곳에 숨겨두어 아이가 어두운 방에 짧게 머무르게 하고 아이에게 자신감이 생기면 조금 더 길게 머무르도록 물건을 좀 더 깊숙한 곳에 숨겨놓는다.

불안을 그림으로 표현해보기

연령에 따라 꾸는 악몽의 종류가 다르지만 대부분 불안과 공포를 유발하는 내용을 담고 있다. 아이가 어리다면 부모와 떨어지는 악몽을 꾸기도 하고 괴물이나 무서운 동물, 최근 경험했던 무서운 일(부모를 잃어버렸던 사건, 예방주사 맞기 등)에 대한 꿈도 꾼다. 상상력이 풍부한 아이라면 불안을 직접 표현해보고 악몽의 다른 결말을 상상하게 하는 것도 방법이다.

아직 글을 익히지 못한 아이를 상담할 때 그림 그리기 기법은 유용하다. 취침 시간과 멀리 떨어져 있는(적어도 4~5시간 전) 시간에 아이에게 어젯밤 꾼 무서운 꿈을 그림으로 그려보라고 한다. 그 이후, 그 나쁜 꿈을 원하는 대로 바꿀 능력이 생겼다고 하며 새로운 꿈을 그려보라고 한다. 예전에 꾸었던 악몽은 종이로 찢어버리거나 검정색 크레파스로 지워버리는 상징적인 행동을 하는 것도 도움이 된다. 본인이 무서워했던 악몽을 시각화하고 원하는 내용의 꿈으로 바꿔보는 것이 악몽에 대한 통제감을 높여준다. 새로운 꿈을 그린 다음에는 부모와 그 꿈에 대해 오랫동안 반복해서 얘기한다.

원숭이에게 쫓기는 꿈을 반복적으로 꾸던 아이를 상담한 적이 있었다. 이 아이는 자기 꿈을 원숭이가 잡혀서 동물원 우리에 갇히는 새로운 꿈으로 바꿨다. 바뀐 꿈속의 원숭이는 우스꽝스러운 모자를 쓰고 땅콩을 먹고 있었으며 아이는 엄마, 아빠와 이 원숭이를 구경하러 갔다고 했다. 새롭게 각색한 꿈에 자신을 안심시킬 수 있는 사람(부모나 선생님, 친구)이나 물건(애착인형)을 등장시키는 것도 도움이 된다.•

• 과학적으로 효과가 검증된 이 방법은 "심상시연치료Imagery Rehearsal Therapy"라는 치료법으로, 성인에게도 많이 사용한다.

불안에 대한 개인적 통제감 키워주기

불안은 연령과 상관없이 어떤 일을 예측하거나 통제할 수 없다고 느끼도록 하는 감정이다. 따라서 아이가 스스로 통제감을 느낄 수 있는 방법을 알려주는 일은 불안을 잠재우는 데 도움이 된다. 악몽과 관련해 가장 많이 사용하는 방법은 '몬스터 퇴치약 만들기', '인형 돌보기' 그리고 '악몽 채널 바꾸기'다.

몬스터 퇴치약 만들기는 부모와 함께 손쉽게 할 수 있는 활동이다. 투명한 통에 물을 넣고 몬스터 퇴치약이라는 스티커를 만들어서 붙여준다. 아이가 도깨비를 무서워하거나 귀신을 무서워하면 도깨비 퇴치약 혹은 귀신 퇴치약 같은 이름을 붙여주면 된다. 조금 더 특별하게 만들기 위해 구슬이나 반짝이를 넣어도 되지만 향기가 나지 않고 얼룩이 생기지 않는 재료를 사용하는 것이 좋다. 아이에게 몬스터가 이 퇴치약 근처로 오면 계속 재채기를 하고 작아져서 멀리 달아나버린다고 알려준다. 아이에게 원하는 만큼 원하는 곳에 약을 뿌리면 된다고 알려준다.

인형 돌보기는 불안이 높은 아이에게 사용하면 좋다. 아이에게 인형을 주고 그 인형은 아주 슬프고 무서워서 밤에 돌볼 사람이 필요하다고 알려준다. 인형을 많이 안아주고 안심시켜주지 않으면 인형이 슬퍼할 것이라는 말도 덧붙인다. 그리고 인형에게는 특별한 능력이 있기 때문에 아이가 무서울 때 얘기하면 인형이 아이를 도와줄 것이라고 알려준다.

악몽 채널 바꾸기도 악몽을 자주 꾸는 아이에게 사용하면 효과적이다. 집에 안 쓰는 리모컨이 있다면 아이에게 준다. 악몽을 꾸는 아이에게 그 리모컨이 다른 꿈을 꾸도록 도와주는 마법의 리모컨이며, 특정 버튼만 누르면 꿈이 다른 것으로 바뀐다고 알려준다. 앞에서 아이와 새로운 꿈으로 바꾸는 연습을 해보았다면 연습했던 꿈으로 바뀔 것이라는 말도 덧붙인다.

안심

겁이 많은 둘째가 무서워하는 건 세상에 없는 귀신.

자, 귀신이 올 것 같으면 이걸 뿌려.

엄마 창문이 저절로 닫혔어. 귀신 있나봐.

우리 집에 나타날 리 없는 거대한 거미 같은 것들.

엄청 큰 거미가 나오면?

거미는 잡아야지…

야앗

걱정 말고 그냥 자, 라고 말하는 대신 손을 꼭 잡고 기도해주면

무서워하는 마음은 쫓아내고 용기 있는 마음을 주세요. 하윤이가 자는 동안 아침까지 지켜주세요.

지켜주세요.

이제 안심이라는 얼굴로 눈을 감는다.

이제 잘 수 있겠어?

응.

무서워하기만큼 안심하기도 잘하는 어린이다.

23

◆

너무 늦게 자는 아이,
어떻게 일찍 재울까

어렸을 때 할머니 손에 자주 맡겨져서 그런지 밤에 자려고
하면 부모님이 나를 두고 갈 수도 있다는 생각에 쉽게 잠을
자지 못했다. 그래서 하루는 뒤척거리다가 아버지를 찾아가
배가 아프다고 했더니 30분 정도 배를 어루만져주셨다. 아버
지가 옆에 있어서인지 배를 마사지해서인지, 마음이 편해져
서 그날은 쉽게 잠들었다. 그 이후로 나는 매일 배가 아프기
로 작정했다. 너무 자주 배만 아프면 들킬까 봐 귀도 가끔씩
아프다고 했다. 조금이라도 부모 곁에 있고 싶어 이런저런 핑

계를 대며 자는 시간을 계속 뒤로 미루려는 노력을 했던 것이다.

잠 잘 시간만 되면 조금 더 놀고 싶어 하고 간신히 침대에 눕히긴 했지만 배 아프다, 목마르다, 화장실 가야겠다 등 다양하고 창의적인 이유를 대며 (어린 시절의 나처럼) 수면 시간을 뒤로 미루는 아이들이 꽤 많다. 이런 행동이 지나치면 '한계 설정 수면개시 장애limit-setting sleep onset disorder'라는 이름의 소아 불면증으로 본다. '한계 설정'이라는 말은 심리학에서 아이의 행동이 어디까지 가능한지 아이에게 인지시켜주는 것이고, 한도 끝도 없이 아이를 받아주지 않는 것을 의미한다. 한계 설정이 잘 안돼서 잠을 못 자는 아이는 대체로 재우는 데 1~2시간이상 걸리며, 수면 의식에 협조하지 않고 잠옷을 안 입겠다, 이를 안 닦겠다 등 부모와 실랑이를 한다. 침대에 간신히 들어가더라도 계속 목마르다, 화장실 가야 한다 등 관심을 끌기 위한 요청을 하고, 침대에 억지로 눕히면 엄청나게 몸부림치며 생떼를 부린다. 보통 이 과정의 끝에 부모는 참지 못하고 아이에게 소리를 지르고 폭발하게 된다. 나를 찾아온 어떤 간절한 엄마는 밤마다 아이와 실랑이하다가 며칠에 한 번은 욕까지 튀어나온다고 괴로워하며 호소했다. 이렇게 되면 아이에게도, 부모에게도 자는 시간은 별로 유쾌하고 행복한 시간이 되지 못할 수밖에 없다.

한계 설정에 문제가 나타나기 시작하는 나이는 보통 2~3세이며 자연스러운 발달 과정의 일부일 수도 있다. 이 나이가 되면 "내가 할래"라고 외치며 뭐든지 스스로 하고자 하는 의지가 강해진다. 그리고 자기가 잘 때 부모가 자지 않는다는 것도 알기 시작하고, 놀던 것을 멈추기 싫은 자아가 발달되기도 하며, 무서운 것이 조금씩 생기기도 한다. 또한 침대에서 탈출하는 것도 가능해지면서 이런 문제는 심해진다. 아이의 이런 행동에 부모가 일관적으로 반응하지 않으면 문제가 악화되면서 수면 문제로 이어질 수 있다. 부모가 늦게 퇴근하는 경우, 아이가 부모와 함께 시간을 보내겠다며 잠을 자기를 거부하면 어떤 날은 엄격하게 취침 시간을 지키려고 하다가도 또 어떤 날은 죄책감 때문에 하루 종일 보지 못한 아이와 놀아주고 자는 시간을 뒤로 허용해줄 수 있다. 이렇게 비일관적인 방법으로 아이를 재우면 아이는 부모와 노는 것이 가장 큰 보상이기 때문에 다음에도 그런 행동을 기대하기 마련이다. 그리고 어제는 놀아줬던 부모가 오늘은 일찍 자러 들어가라고 하면 어떤 방법을 써서라도 부모와 시간을 더 보내려고 할 것이다(앞서 소개한 자판기 예시를 기억하라). 윙크를 하며 애교를 떨기도 하고, 물을 달라고 요청도 해보고, 모든 방법이 다 먹히지 않으면 소리를 지르고 몸부림을 칠 것이다. 마음이 약한 부모는 그런 아이의 요청을 받아들일 텐데 그러면 결국 아이의 그런 행동은 습관으로 굳어지게 되고 한번 몸에 밴 습관은 쉽게 고치기 어렵다.

무너진 한계 다시 설정하기

늦게 자고 요청이 많은 아이를 재우기 위해서는 이미 무너진 한계를 복구하고 새로 설정해야 한다. 재미있는 책을 계속 읽고 싶겠지만 자야 한다고 알려주거나 맛있는 음식도 지나치게 먹으면 배가 아프다고 제지하는 것이 이런 한계 설정의 예다. 대부분의 부모가 아이에게 한계 설정을 하는 일을 힘들어하는데, 세상물정 모르는 아이를 건강한 어른으로 자라게 하고 싶다면 부모는 반드시 한계를 설정해줘야 한다. 부모의 한계 설정을 통해 아이는 잠뿐 아니라 인생의 여러 영역에서 자기를 조절할 수 있는 방법을 배운다. 사람 사이에는 지켜야 할 선이 있고, 쾌락은 적절히 즐기되 세상의 많은 유혹으로부터 거리를 둘 줄 알아야 하고, 속해 있는 기관의 규칙을 따라야 한다는 것은 부모의 한계 설정에서 시작된다.

한계 설정에서는 첫 단계가 가장 중요한데 이때 할 일은 는 '일관성을 유지하는 것'이다. 특히 잠자는 습관이 견고해질 때까지 초반에 반드시 일관성을 지켜야 한다. 아이를 더 일찍 재우기로 마음먹었다면 아이를 재우는 모든 사람이 같은 방법으로 재울 것을 합의해야 하며, 마음이 약해져서 흐지부지되지 않게 특별히 신경을 써야 한다.

그 다음에는 아이가 좋아하는 수면 의식을 만든다. 예를 들어 가벼운 간식을 먹고, 물을 한 잔 마시고, 양치질을 한 후 화장실에 가고, 잠옷을 갈아입은 후 책을 두 권 읽고, 뽀뽀해주고, 마지막 단계에서는 침대로 들어가서 자는 것으로 끝나는 '아이가 좋아하는 활동들' 위주로 구성한다. 이런 과정을 아이가 한눈에 이해할 수 있도록 '수면 의식 포스터'를 만들 것을 추천한다. 각 단계를 그림으로 그리거나 사진을 찍어 아이 방에 붙여놓고 아이가 수면 의식 순서를 자연스럽게 익히도록 도와준다. 만약 아이가 그림 그리기나 종이 오리기를 할 수 있는 나이라면 아이와 같이 수면 의식 포스터를 만들어보는 것도 좋다.

계획한 수면 의식을 부모와 아이 모두 매일, 하루도 빠짐없이 따르는 것이 중요하다. 핵심은 일관성을 유지하는 것이다. 처음에는 수면 의식의 각 단계를 마칠 때마다 스티커를 주거나 스탬프를 찍는 등 상을 주면 아이의 참여 동기가 높아질 수 있다. 스티커나 스탬프를 충분히 모으면 아이가 좋아하는 상과 바꿀 수 있는 시스템을 만든다. 아이가 일부러 시간을 지연시키지 않게 하기 위해 타이머를 사용하는 것도 좋다. 10분 남았다, 5분 남았다 같은 방법으로 예고하면서 잘 시간이 다가오고 있음을 알려준다. 아이가 특정 단계를 거부하지 않게 하기 위해 질문을 하는 것도 좋다. 이때 "이빨 닦

으러 갈까?"라고 질문하기보다는 "빨간색 칫솔 쓸 거야, 노란색 칫솔 쓸 거야?"라고 질문하는 편이 더 좋다. 수면 의식이 끝난 후에는 잠을 잘 시간이라고 이야기하고 아이가 책을 더 읽고 싶다거나 더 놀고 싶다고 요구하면 수면 의식 포스터에 의하면 더 이상 다른 활동을 할 수 없다고 알려주며 자야 한다고 부드럽지만 엄격하게 알려준다.

아이가 자꾸 침대에서 나오려고 할 때

아이가 침대로 들어가서 계속 나오려고 하면 다음과 같이 대응한다. 우선 감정적으로 화를 내거나 실랑이하지 않는 것이 중요하다. 아이들은 부모가 화를 내도 '관심을 받는다'라고 인지할 수 있기 때문에 오히려 화를 내는 것이 문제를 악화시킬 수 있다. 아이에게는 나쁜 관심도 관심이기 때문이다. 아이가 침대 밖으로 나오면 침착하게 침대로 다시 데려가고 대화나 신체적 접촉을 최소화한다. 아이를 다시 침대에 눕히고 방 밖으로 나온다. 보통 방 밖에서 기다리고 있는 것이 도움이 된다. 아이가 또다시 침대 밖으로 나오면 같은 방법으로 상호작용을 최소화하고 아이를 침대에 눕힌다. 여러 번 반복되고 아이가 떼를 써도 동요하지 않고 같은 방법으로 침대에 다시 눕히는 것이 핵심이다. 예상했겠지만 아이를 잘 재우는데 가장 필요한 재료는 '인내심'과 '일관성'이다.

정말 많은 부모가 너무 늦게 자는 아이를 더 일찍 재울 수 있는 방법이 무엇인지 고민한다. 인간의 생체리듬이 만들어낸 습관 때문에 11시에 자던 아이를 갑자기 9시에 재우려고 하면 실패할 확률이 높다. 어른도 주말에 늦게 자고 늦잠 자다가 월요일에 출근하려고 일요일 밤에 일찍 잠자리에 누우면 잠이 잘 안 오듯이, 아이도 갑자기 자는 시간을 앞당기면 당연히 잠이 오지 않는다. 따라서 원하는 취침 시간이 있다면, 5일마다 15분씩 앞당긴다. 예를 들어 밤 11시에 자는 아이라면 첫 5일은 10시 45분에, 그 다음 5일은 10시 30분에, 그 다음 5일은 10시 15분에 재우는 식으로 서서히 원하는 취침 시간으로 앞당긴다. 취침 시간 한 시간 전에는 아이의 마음을 편안하게 해주는 활동을 한다. 어른도 수면을 예열해서 잘 준비를 해야 하듯이, 너무 흥분된 아이는 쉽게 잠들지 못

한다. 등을 어둡게 켜고 편안한 자장가를 틀고 조용하게 책을 읽는 것과 같은 활동으로 자는 분위기를 만들어준다. 아이마다 마음을 가라앉힐 수 있는 활동이 다르기 때문에 부모가 아이에 맞게 정해주는 것이 좋다. 아래와 같은 표를 활용해 체계적으로 생각해보는 것도 방법이다.

아이의 요구를 모두 들어주고 싶은 것이 부모의 마음이다. 그러나 그 요구를 다 들어주다 보면 아이도 자는 시간이

아이의 흥분 정도

자기 전 활동	아이의 흥분 정도
TV	8
레고 블록 조립	4
책 읽기	3
퍼즐 맞추기	4

* 1-10 척도에서 '1은 전혀 흥분되지 않음', '10은 최고로 흥분됨'으로 평가해 아이가 좋아하는 활동을 적어본다.

늦어지고, 부모도 인내심의 한계를 느끼게 된다. 아이의 요구를 다 들어주지 않았다고 해서 당신은 나쁜 부모가 아니다. 죄책감을 느낄 필요가 없다. 한계 설정을 통해 아이는 결국엔 세상을 잘 살기 위해서 스스로의 욕망을 관리하고 조절하는 능력을 키워야 한다는 중요한 덕목을 배우게 된다. 침대에서 시작되는 이런 교육은 그렇기 때문에 값지다.

수면 팁

침대 쿠폰

~~~~~~~~~~~~~~~~~~

부모에게 계속 이런저런 요구를 하면서 자는 시간을 뒤로
미루는 아이의 요구를 적절히 들어주면서도 한계 설정을 하
도록 도와주는 방법이 '침대 쿠폰'이다. 낮에 아이와 함께 예
쁘게 만들어 밤에 사용한다. 침대 쿠폰은 2개 정도 만들어서
밤에 아이에게 주며 필요한 것이 있으면 쿠폰을 쓸 수 있지
만 다 쓰고 나면 더 이상 요구를 들어줄 수 없다고 알려준다.
아이는 쿠폰을 사용해서 욕구를 어느 정도 해소할 수 있고,
부모는 아이의 요구를 일정 부분 수용하면서도 한계가 있다
는 것을 아이에게 알려줄 수 있다.

굿나잇 루틴

간식 먹기

물 마시기

양치하기

쉬하기

잠옷 입기

책 읽기

뽀뽀

잠자기

맺음말

~~~~~~

이 책을 써야겠다고 마음먹은 뒤 '수면 교육'이라는 키워드
를 검색 엔진에 입력해본 적이 있다. 다양한 블로그 게시물
과 웹사이트 들이 검색되었는데 생각보다 잘못된 정보가 상
당히 많이 실려 있었다. 아이 재우는 데는 직방이라며 육아
용품과 영양제 같은 상품을 팔기 위해 엉뚱한 이야기를 하는
곳도 있었고, 잘못된 정보로 안 그래도 불안한 부모의 마음을
더 불안하게 만드는 곳도 있었다. 이렇게 우리는 육아에 대해
수많은 정보를 쉽게 접할 수 있는 세상에 살고 있고 그중 잘

못된 정보도 많기 때문에 전문가가 아닌 이상 정확한 정보를 식별하는 것은 여간 어려운 일이 아니다.

이 책에서 나는 수면의학의 관점에서 아이를 잘 재우는 (그리고 부모도 잘 자는) 다양한 방법을 소개했다. 수면심리학자로서 그동안 배운 지식을 활용해 가장 과학적인 정보들을 선별하고, 과학적이기 때문에 가장 안전한 방법들이라 믿으며 여러 노하우들을 전달하려 노력했다. 부디 이 책을 통해 육아 정보의 바다를 헤쳐 가며 잘 자는 아이를 만나기 위해 가는 그 길이 조금이라도 덜 피곤하고 편안해졌기를 바란다.

물론 이 책에 실린 방법들이 아이의 잠과 엄마의 잠에 관련된 모든 문제를 단박에 해결해주지는 못할 것이다. 아이는 아이라서 잘 자다가도 못 자는 날이 있을 것이다. 평소에 잘 자던 우리 둘째도 가끔 새벽 4시에 일어나서 〈떴다 떴다 비행기〉를 큰 소리로 한 시간 동안 부르다가 다시 잠들곤 한다. 그렇지만 내 경우를 돌아보면, 아이를 수면 교육시키다 육아에 대한 내 근본적인 마음가짐도 되돌아본 적이 많았다. 빠르게 성장하는 아이에 발맞추어 매일 나는 다른 부모가 되어야 하고 어제는 옳은 것이 오늘은 답이 아닐 수 있기 때문에 유연해야 한다. 그리고 그냥 먹구름이 낀 날이 있듯이 아이가 잠을 안 자서, 말을 안 들어서, 그냥 크느라 힘든 날이 있다. 완벽한 육아란 없고, 완벽한 잠이란 없다. 그래서 오늘 못 자면 내일은 잘 잘 수 있다는 믿음으로 또 하루를 버텨낼 수 있다. 내일은 또 쨍하게 좋은 날이 찾아올 수 있기에.

무엇보다 이 책이 아이뿐 아니라 엄마의 수면의 가치와 중요성을 재고해볼 기회를 주었기를 바란다. 지금까지 여러 가지 책임을 떠안느라 혹은 육퇴를 하고 나만의 시간을 확보하느라 계속 자는 시간을 뒤로 미루며 수면을 희생했다면, 그것이 오히려 내일 아이를 돌보는 일을 방해하고 내 삶의 질도 낮춘다는 것을 알아주었으면 한다.

천재 물리학자 아인슈타인은 매일 같은 시간에 잠들었으며, 밤에는 10시간을 자고도 낮잠을 또 잤다. 우리에게 아름다운 선율을 선사한 천재 음악가 베토벤도 매일 밤 10시에 잠자리에 들어 새벽 6시에 일어나는 규칙적인 생활을 했다. 어쩌면 우리에게 위대한 유산을 남긴 이 위인들은 잠을 잘 잤기 때문에 그런 업적들이 가능했을지 모른다고 감히 추측해본다. 수면을 중요하게 여겼던 이들의 삶을 교훈 삼아, 한 생명을 기르는 데 있어 좋은 수면이 선행해야 한다는 것을 기억해주었으면 한다. 아이는 엄마의 모든 행동을 모방하려고 하기 때문에 엄마가 잠을 중요하게 여겨야 아이도 잠을 잘 자려고 할 것이다.

우리의 낮과 밤은 연결되어 있다. 밤에 아이가 안 자고, 내가 못 자는 것은 밤만의 문제로 국한되지 않는다. 밤이 편안하고 충분한 휴식으로 채워져야만 낮 시간에 금세 크는 아이와 함께 가슴 벅차도록 행복한 시간들을 만들 수 있다. 부디 이 기회를 통해 자는 일을 뒷전으로 미루지 말고, 내일의 나를 위해 평온한 잠을 청하기를 진심으로 바란다.

참고문헌

1

Johnson EO, Roth T, Schultz L, Breslau N (2006). Epidemiology of DSM-IV insomnia in adolescence: lifetime prevalence, chronicity, and an emergent gender difference. *Pediatrics*. 117: e247-56.

2

Cresswell DJ, Way BM, Eisenberger NI, Lieberman MD (2007). Neural correlates of dispositional mindfulness during affect labeling. *Psychosomatic Medicine*. 69: 560-565.

3

Keating Sarah. "The boy who stayed awake for 11 days". www.
bbc.com.

이상수. "수면 부족의 결과는 아.뚱.명.단." 정신의학신문. http://www.
psychiatricnews.net/news/articleView.html?idxno=17984.

4

Tamaki M, et al. (2016). Night watch in one brain hemisphere
during sleep associated with the first-night effect in humans.
Current Biology. 26(9): 1190-1194.

5

Holmes TH, Rahe RH (1967). "The Social Readjustment Rating
Scale". *Journal of Psychosomatic Research.* 11(2): 213 – 8.

Altena E, et al. (2010). Reduced orbitofrontal and parietal gray
matter in chronic insomnia: a voxel-based morphometric
study. *Biological Psychiatry.* 67(2): 182-5.

7

Chuah LY, Dolcos F, Chen AK, Zheng H, Parimal S, et al. (2010).
Sleep deprivation and interference by emotional distractors.
Sleep. 33(10): 1305-13.

Yoo SS, Gujar N, Hu P, Jolesz FA, Walker MP (2007). The human emotional brain without sleep—a prefrontal amygdala disconnect. *Current Biology*. 17: R877-R878.

Motomura Y, Kitamura S, Oba K, Terasawa Y, Enomoto M, Katayose Y, Hida A, Moriguchi Y, Higuchi S, Mishima K (2013). Sleep debt elicits negative emotional reaction through diminished amygdala anterior cingulate functional connectivity.

Hayashi M, Masuda A, Hori T (2003). The alerting effects of caffeine, bright light and face washing after a short daytime nap. *Clinical Neurophysiology*. 114: 2268-2278.

Brooks A, Lack L (2006). A brief afternoon nap following nocturnal sleep restriction: Which nap duration is most recuperative? *Sleep*. 29(6): 831-840.

Mednick S, Nakayama, K, Stickgold R (2003). Sleep-dependent learning: a nap is as good as a night. *Nature Neuroscience*. 6(7): 697.

Miller CE, Cote K (2009). Benefits of napping in healthy adults: impact of nap length, time of day, age, and experience with napping. *Journal of Sleep Research*. 18: 272-281.

Klerman EB, Dijk DJ (2006). Aging: Changes in mood and performance during sleep extension in younger and older people. *Sleep*. 29: A374.

Klerman EB, Dijk DJ (2006). Aging: Asymptotic sleep duration during extended sleep opportunities. *Sleep*. 19: A35.

11

Riemann D, Spiegelhalder K, Feige B, et al. (2010). The hyper-
arousal model of insomnia: a review of the concept and its
evidence. *Sleep Medicine Reviews*. 14(1): 19-31.

13

Meltzer LJ, Crabtree VM (2015). "Pediatric sleep problems: A
clinician's guide to behavioral interventions". American Psy-
chological Association. Washington DC.

14

Owens JA, Mindell JM (2015). "Take charge of your child's
sleep". Marlowe and Company, New York, NY.

15

Joseph D, Chong NW, Shanks ME, et al. (2015). Getting rhythm:
how do babies do it? ADC Fetal and Neonatal Edition, *BMC
Journals*. 100: 50-54.

McGrow K, Hoffmann R, Harker C, Herman JH (1999). The
development of circadian rhythms in a human infant. *Sleep*.
22(3): 303-310.

17

Morgenthaler TI, Owens J, Alessi C, et al. (2006). Practice
parameters for behavioral treatment of bedtime problems and
night wakings in infants and young children. *Sleep*. 29(10):
1277-1281.

Whittall H, Kahn M, Pillion M, Gradisar M (2021). Parents matter:
barriers and solutions when implementing behavioural sleep
interventions for infant sleep problems. *Sleep Medicine*. 84:
244-252.

18

Gradisar M, Jackson K, Spurrier NJ, et al. (2016). Behavioral
Interventions for infant sleep problems: A randomized
controlled trial. *Pediatrics*. 137(6): e20151486.

Hiscock H, Bayer JK, Hampton A (2008). Long-term Mother and
Child Mental Health Effects of a population-based infant
sleep intervention: Cluster-Randomized, Controlled Trial.
Pediatrics. 122: e621-627.

Bilgin A, Wolke D (2020). Parental use of 'cry it out' in infants: no
adverse effects on attachment and behavioural development
at 18 months. *The Journal of Child Psychology and Psychiatry*.
DOI: 10.1111/jcpp.13223.

Middlemiss W, Granger DA, Goldberg WA, Nathans L (2012).

Asynchrony of mother-infant hypothalamic-pituitary-adrenal axis activity following extinction of infant crying responses induced during the transition to sleep. *Early Human Development.* 88(4): 227-232.

19

Giganti F, Fagioli I, Ficca G, Salzarulo P (2001). Polygraphic investigation of 24-h waking distribution in infants. *Physiology and Behavior.* 73: 621-624.

20

Galland B, Meredith-Jones K, Gray A et al. (2016). Criteria for nap identification in infants and young children using 24h actigraphy and agreement with parental diary. *Sleep Medicine.* 19: 85-92.

Mindell JA, Owens JA. (2015). "A clinical guide to pediatric sleep: Diagnosis and management of sleep problems, 3rd edition". Worlters Kluwer, Philadelphia, PA.

21

Petit D, Pennestri M, Paquet J, et al. (2015). Childhood sleepwalking and sleep terrors: A longitudinal study of prevalence and familial aggregation. *JAMA Pediatrics.* 169(7): 653-658.

Meltzer LJ, Crabtree VM (2015). "Pediatric sleep problems: A clinician's guide to behavioral interventions". American Psychological Association, Washington DC.

22

Kushnir J, Sadeh A (2012). Assessment of brief interventions for nighttime fears in preschool children. *European Journal of Pediatrics*. 171: 67-75.

Hiller R, Gradisar M (2018). "Helping your child with sleep problems". Robin. London, UK.

엄마의 잠 걱정을 잠재우는 책

초판 1쇄 펴낸날 2021년 11월 19일

지은이 서수연
그림 유희진
펴낸이 이은정
편집 이은정
마케팅 정재연

제작 제이오
디자인 피포엘
조판 김경진

펴낸곳 도서출판 아몬드
출판등록 2021년 2월 23일 제 2021-000045호
주소 (우 10364) 경기도 고양시 일산동구 호수로 672, 305호
전화 031-922-2103 팩스 031-5176-0311
전자우편 almondbook@naver.com
페이스북 /almondbook2021 인스타그램 @almondbook_

ⓒ서수연·유희진 2021
ISBN 979-11-975106-8-7 (03180)